I0718758

El gato del piso treinta y otros cuentos

El gato del piso treinta y otros cuentos

2ᵈᵃ Edición

HUMBERTO BENJAMÍN CLAVERÍA

LNG LLC

LNG LLC

Índice

Cuando la literatura abraza

Humberto Benjamín Clavería sorprende cuando escribe: su prosa, sus textos, son perturbadores, terribles, impiadosos, solidarios, dolorosos, casi crueles. Pero profundamente libres. Y como los prólogos pueden ser sin ningún remordimiento desechables, cuando me propuse enfrentar este análisis, lo hice con el convencimiento de que la primera lectura, ingenua y revulsiva, merecía una segunda oportunidad de análisis. Y allá vamos, me dije al embarcarme en la aventura que esta obra propone.

Lo primero que sorprende en Clavería es la utilización de diferentes marcos para entrar al corpus mismo de la obra.

En primer lugar, atrapa que el autor anuncie los disímiles puntos de vista, con títulos, como si estuviéramos leyendo un diario o una crónica. Estos textos actúan no tanto como puerta de entrada sino que parecieran estar planteados como la relativización de una posible autoría. Es decir, desde el comienzo mismo, el argumento pone como condición un debilitamiento de la figura del autor. La escritura es totalmente ficcional, sustentada en base a preguntas que nadie responde, escritos se convierten en un terreno en el que el arriba está abajo y el abajo arriba. Esta multiplicación de máscaras, más que opacar la realidad de la ficción mediante una retórica de lo oculto, la desmonta, la devela como precaria, como una trampa más de la escritura.

Hay que partir del hecho de que la escritura de estos tiempos juega a romper las fronteras entre realidad y ficción, no solo porque dinamiza radicalmente el potencial mismo de la escritura (todo es escritura) sino porque admite como una clase de premisa ontológica la textualidad del mundo, la realidad considerada como texto, la intertextualidad como única referencia posible. Humberto Benjamín Clavería, a lo largo de todo este volumen, propone como pertinente no una verdad de la obra sino su problematización, su fracturación. Y esta problematización se introduce en la ficción misma, en su escritura, generalmente en forma de monólogo interior o en párrafos verdaderamente interesantes y muchas veces emboscados, de fluir de la conciencia. Es decir, enclava, con gran solvencia, en el proceso creativo de la meta-ficción.

Esta obra, definitivamente posmoderna, admite no solo la intertextualidad, es decir, el recurso a otros textos, sino incluso la cita irónica, en un intento por relativizar el proceso mismo de significación, entendido este como algo finalizado con la sola presentación de la obra.

Finalmente, Clavería promueve abiertamente la participación del lector, lo que produce una doble productividad, ya sea a través del juego o a través de la puesta en marcha de conciencias paralelas a lo largo de las páginas.

Si bien podemos encontrar en este volumen una poética de la posmodernidad para examinar la obra, el valor de ella no consiste tanto en la verificación de ciertas categorías sacadas de esa poética, sino en el uso singular de las posibilidades que dan estas categorías para expresar algo también singular, es decir, para expresar, a través de lo singular, comportamientos y actitudes más generales. Por lo tanto, el valor de estos escritos, desde mi perspectiva, no radica tanto en una deliciosa, tierna, acabadamente sutil puesta en escena de narrativa posmoderna, como en la utilización que su autor hace de ellas para expresar lo que podríamos llamar nuestra contemporaneidad.

Humberto Benjamín Clavería hace entrega a lo largo del libro, de continuos rasgos posmodernos. Y lo hace a sabiendas, conscientemente, cuando dice en "Manos de ángel", por ejemplo: "Lo tocó con cuidado, lo acarició con ternura y, tras meterse en él, ahora limpio, sin las adherencias que le habían cubierto y obliterado los intestinos por más de cincuenta años, traspasó las puertas de la funeraria, que todavía estaban cerradas." Produce con textos como este que conforman una especie de "contaminación", una liviandad de la obra misma, que el lector no tiene más remedio que disponerse a aceptar.

Una vez adentrados estos textos, nos sumergimos en el juego que allí se nos plantea: rastrear la continuidad de personajes que se van cruzando a manera de collage: el recuento de la vida personal del protagonista, el proceso de escritura de textos y el trastocamiento de la realidad, tres procesos inacabados. Este juego cumple una doble función: de un lado, promueve la participación del lector, quien tendrá no solo que rastrear la continuidad de las historias, sino que se verá abocado a los efectos de su entrecruzamiento. La segunda función tiene que ver precisamente con ese entrecruzamiento. Si bien cada uno de los relatos posee cierto nivel de autonomía, poco a poco esa autonomía se va diluyendo hasta que ya no es posible distinguir dónde comienzan y dónde terminan en realidad las referencias o las invenciones de los relatos. Se cumple de esta manera la dilución de las fronteras entre realidad y ficción, tan cara a las literaturas posmodernas.

La intertextualidad en este libro no solo es un recurso, no solo está expresada en las referencias casi tácitas a autores de la literatura universal o en las referencias al cine y la música ("*Balada n.º 1 en sol menor,* op. 23, de Chopin", en "Un ramo de nomeolvides"), que, sobre todo, actúan como generador de la "realidad" del texto. O en "Cinco minutos después", en que nos asomamos a un mundo apocalíptico y deshumanizado:

Con dificultad sacó de la mochila la Biblia de hojas amarillentas de bordes dorados que la abuela le había regalado hacía cincuenta años y que había consultado en raras ocasiones. La apretó contra el pecho como aferrándose a algo divino, como implorando amnistía al Dios que nunca adoró.

La metaficción también se manifiesta a distintos niveles. Está la expresión del proceso creativo, en este caso frente a las varias escrituras de "ficción" que evidencian una constante búsqueda o el registro mismo del proceso de la escritura. Párrafos como el que sigue exteriorizan también la exposición de los recursos en los que se apoyan esas ficciones que registra:

Carlota volvió al sofá frente a la ventana que da al jardín desde donde contempla ingenua la agonía esencial. Ausente, inmersa en quizás qué sueños sin alboradas nuevas, tratando de huir de aquellos seres extraños que la han tenido prisionera. Alimentando su alma casi vacía y errante, tal vez, con aquellos despojos del ayer, como un espectro solitario, refugiada en su silencio mortal, sentada en la antesala de lo incierto, a punto de caer en aquel pozo oscuro del olvido.

La presencia de una canción que nadie escucha pero que salva, el detenimiento del tiempo, el manejo de realidades paralelas, son recursos que aparecen y desaparecen a lo largo del libro, con parlamentos intercalados estratégicamente, que cargan de desesperanza y de melancolía. Todos los elementos están expuestos de tal manera que el lector desprevenido no puede más que sentir empatía por los protagonistas en actitud de búsqueda permanente, convirtiéndose en verdaderos Sísifos desenfrenados, situados además, en lugares como la "la iglesita de Saint-Enfant-Jésus junto al río Saint-Laurent", en el bello texto de "El arcoíris de Saint-Enfant-Jésus". Personajes que han perdido sus sueños, metamorfoseados, que se persiguen todo el tiempo. Es decir, el paso de la realidad a la ficción aparece siempre claramente expuesto.

Pero hay también un recurso interesante a considerar, y es la dramatización del conflicto en el proceso creativo. Esta dramatización se consigue a través del personaje que monologa en uno de los títulos: "Adiós Solange, adiós. Mil años sin ti, un siglo sin ti. El resto de mi vida sin ti."

Clavería permite que el lector vea en estos trabajos a un escritor imbuido de un frenesí por la literatura, que, a medida que sortea o describe enfrentamientos y conflicto cotidiano, desgrana, entre escrituras modernas y posmodernas, el libro que leemos. Es un juego en apariencia simple que promueve esa "puesta en abismo" en que la literatura, la buena literatura, termina finalmente convertida. ¿Qué hace que una historia de sobremesa se transforme en un cuento excelente? La actitud, la búsqueda del otro, del de enfrente. La decisión de salirse de uno mismo y elegir al narrador es la que nos convierte en escritores o en simples escribas.

Los treinta y ocho títulos de este libro, que van desde relatos, cuentos cortos y casi largos, reflexiones y recordaciones, son páginas en las que destaca esa actitud.

En este libro no aparece casi nunca el escritor, aunque Humberto Benjamín Clavería sea quien escribe, pues él le da la palabra al narrador. Y como en el territorio de la ficción todo es posible, entre estas tapas suceden cosas increíbles, incomparables, extravagantes. Existen miedos, amores, chorrea sangre, estrambóticos asesinos que buscan perfeccionarse para lograr matar a Dios.

Otros aspectos relevantes de los cuentos son su delicioso erotismo y el tono cosmopolita y mundano con el que se manejan los asuntos. Aspectos que sirven para corroborar la gran calidad de escritor que hay en Clavería, su destreza y su conocimiento del oficio.

En conclusión, pese a una aparente estructura que nada tiene de desconcertante, que bien podría confundir al crítico ortodoxo, estamos ante una gran propuesta: compleja, ágil, de una refinada elaboración, que representa muy oportunamente el espíritu de época que nos toca vivir.

En definitiva, una obra para leer y releer, pues si en una primera pasada con los textos, el lector se sentirá transportado a mundos exquisitamente dibujados, en el segundo encuentro, esos mundos lo abrazarán, transformándolo definitivamente.

Dice Marguerite Yourcenar que la literatura nos permite sobrevivir a las injusticias de la vida. Poca cosa, ¿no?

Y estos cuentos y relatos de Clavería logran nada menos que eso: sacarnos del vano acontecer diario, desprendernos de las pequeñas mediocridades que nos rodean, olvidar a los mezquinos y a los corruptos de los titulares de los diarios, dejar de lado la lasitud a que pretenden llevarnos los que creen que mueven los hilos de las marionetas.

Pues Clavería corta esos hilos y nos embarca en historias que nos hacen sonreír, que nos estremecen, con la misma facilidad con la que arrancan en nosotros un grito de horror. Pone a nuestra disposición todos los disfraces, todas las máscaras, todas las formas para que quedemos atrapados en estos orbes que crea para nosotros.

MERCEDES FERNÁNDEZ
Mendoza, Argentina, enero de 2019
Revisado en noviembre de 2021

A mi querido lector anónimo,
te dedico con todo mi corazón esta serie
de cuentos que hablan un poco de ti,
y de mí y de nosotros.
Sin ti, querido lector,
no habría razón de crear este libro.

Ben

Delicadezas

El Muñeco

Mientras se recupera sudoroso de la manifestación en el andén de Chueca, nadie sabe que Ángelo Acosta está pensando lanzarse a la vía.

Tan bello es que lo apodaron el Muñeco. Pero el padre lo apaleó y lo echó de la casa cuando se enteró de sus gustos.

Aunque corta estupendamente, sin distinciones en una peluquería pija de Chamberí, con lo que gana apenas le alcanza para compartir un piso en Media Legua; y pagar en parte aquel remedio que le salva la vida: Truvada.

Además, está cansado de que le griten "sarasa" en la capital mundial del Orgullo LGBT.

Amor gitano

Más allá de El Gallinero, Jovanka emergía cada mañana del asentamiento, como un ángel de trenzas rubias y ojos marrones adormilados, para caminar juntos al colegio. Así nació nuestro amor.

Un día me advirtió que se preparaban para emprender viaje. Su mano estaba en la mía cuando nos encomendamos a la Virgen de los Gitanos. La abracé con suavidad e inundé su boca con un beso interminable.

Aquella madrugada, desde mi balcón, enmudecido, contemplé la partida.

Tras la marcha, solo el eco de panderos y cantos. Y, en mis labios, sabor a besos gitanos y a olvido.

Ojos que no ven, pero que lloran por dentro

Rogers canta como los ángeles, mero Bocelli pero sin la fama, acompañado de pistas a la salida de la Catedral. Sus gafas negras cubren dos ojos que se mueven sin cesar pero sin ver como él quisiera. Le llaman el ciego de la Catedral.

Mientras hace una pausa, entre transeúntes que no suelen detenerse, lo abrazo y le pregunto qué es lo que más le afecta fuera de no poder ver.

Me contesta con lágrimas en sus ojos nebulosos: "La soledad, que, aunque no tiene forma ni color, me persigue desde niño."

Si fuera así

Aquella tarde de 1890, Rosa Quitral, cocinera de los Cousiño, salió del palacio a la calle Dieciocho vestida con un faldón largo rumbo al metro de Toesca. En un bar cerca de la estación Central cuentan que bebió un vodka-naranja antes de abordar en el terminal de buses un Pullman con destino a Lota. Desapareció.

Isadora Goyenechea recuerda a su amado en la penumbra de los salones del Palacio Cousiño, hecho ahora museo, mientras toca en 2016 su balada infinita, preguntándose extrañada por qué no le han servido aún la cena. Afuera, Santiago se viste de noche.

El hallazgo

Manuel Urrutia no podía conciliar el sueño. Cada vez que cerraba los ojos recordaba el cráneo agujereado que tenía un diente de oro y seguía guardado en la mochila. Se le erizaba la piel pensando que esa cabeza sin cuerpo fuera a cobrar vida.

Manuel estudiaba medicina y necesitaba huesos para memorizar la anatomía. Para ello había visitado esa tarde al traficante del cementerio general.

Cuando, nada más volver a casa, su madre descubrió la calavera, no pudo dejar de apretarla contra el pecho. Por el diente de oro, había reconocido a su hermano desaparecido hace más de cuarenta años.

El chaval

La niñez de José fue la de un vagabundo huérfano que recorría Madrid buscando trabajo y comida para vivir.

A los quince los de la pandilla lo llevaron a Malasaña donde la Madame Dolores a estrenar la hombría.

José tiritaba de miedo pero era el inicio obligado para ser considerado macho.

La Dolores lo miró mostrando el pecho al aire, pero cambió abruptamente de expresión y, perdiendo su voz sensual, lo despachó sin contemplaciones, advirtiéndole que seguía estando muy mocoso para esos menesteres.

Recién al cabo de muchos años José pudo enterarse de que la Dolores era su madre.

Abrazos finales

Para Amelia

Me desperté con aquel alboroto: del balcón podía ver la Alameda atestada de gente, todos abrazándose. Encendí la tele y lo mismo ocurría en París, en Nueva York y en el mundo entero. Cientos de periodistas cubrían este suceso increíble. Me pellizqué para estar seguro que no estaba soñando: siete mil millones de seres humanos, todo el planeta Tierra, mujeres y hombres, ancianos y niños, pobres y ricos, de cualquier sexo, abrazándose, pidiéndose perdón, amándose a rabiar, en paz esperando el fin. Llorando abracé a mi gato cuando recordé que soy viudo.

Conventillo

La Juana le gritó a mi mamá que patearía a mi papá si lo encontraba en su cama y que el Pelluco, mi mejor amigo del barrio, era mi hermanastro.

Se agarraron de las mechas, los perros ladraban, la radio a todo chancho, que la abuelita del fondo del conventillo las separó y le advirtió a la Juana que no golpeara a mi mamá, que tenía una guagüita en la guata.

¡Más choreado! Mejor me senté en la vereda a mirar las micros que iban a Providencia justo donde me gustaría vivir con el Pelluco, la guagüita y mi mamá.

Los basurales

En los basurales nos encontramos casi todos los días con ellas, ahora que en nuestra casa ya no tenemos la comida abundante de otros tiempos. Hay muchas ratas en el basural de San Bernardo.

Mi gata y yo vamos cada mañana en busca de papeles y cartones usados, que luego vendemos para sobrevivir. Ni la gata corre tras las ratas, ni ellas se espantan al verla. Estamos todas viejas, cansadas, abandonadas. Y, al igual que a nosotras, a las ratas les falta la comida. Entonces, sólo vuelven a la casa en aquellas noches lluviosas y frías de invierno.

Volver

Para Ruth

Qué alboroto esta mañana en la estación Alameda: en medio de la multitud el elefante que recién se había escapado del circo se quedó atascado en la boletería. Todo el mundo se tomaba fotos con él y lo miraba incrédulo.

Como pude, me abrí paso y llegué hasta él. Lo encontré pálido, aterrado, con lágrimas en sus bellos ojos negros. Le pregunté al oído cómo podría ayudarlo.

En un angustiado murmullo contestó que lo único que deseaba era llegar al aeropuerto de Pudahuel para volver a su hogar en Tanzania.

HUMBERTO BENJAMÍN CLAVERÍA

Y los gallos cantaron dos veces

Entre sueños, a medianoche Pablo escuchó cantar a los gallos y creyó que ya despuntaba el alba. Segundos después un temblor de tierra junto con la quebrazón de la vajilla los dejó a todos estupefactos. Pablo alcanzó a abrazar a los niños cuando un segundo remezón los sacudió hasta los tuétanos. Tambaleándose corrieron afuera y en el alboroto nadie se acordó de Percy, el gato. Cuando se dieron cuenta, lo buscaron por cielo y tierra mientras las sirenas sonaban por la ciudad en tinieblas.

Quedaron todos tan asustados que nadie quiso volver a dormir a la casa. Así que, en el patio a obscuras, instalaron los colchones, frazadas, almohadones y se durmieron muy tristes pensando en el destino de su mascota.

Al alba, los gallos volvieron a cantar. Pablo entreabrió los ojos y lo primero que vio a los pies del colchón fue a Percy durmiendo muy plácido.

Niños robados

—Tienes un hermano gemelo—, le confesó agónica la madre adoptiva.

Joaquín reunió evidencias y, en un simple aviso web, escribió el anhelo de encontrar a su hermano perdido.

El anuncio navegó desde Ñuñoa a los confines del cosmos.

La respuesta cibernética no se hizo esperar:

—Me llamo Manolo. Vivo en Moguer, España, y soy idéntico a tu fotografía.

El encuentro fue en Santiago, en el Aeropuerto Arturo Merino Benítez de Pudahuel. Allí lloraron abrazados medio siglo de ausencias, como si abrazaran su imagen en un espejo, llenos de incógnitas, de silencios y de tristezas incurables de niños robados.

Otros manjares

Bastones de esperanza

A Lidia Esther

Hoy, sus ojos sin brillo ya no la buscan para sonreírle y agradecerle con la mirada al escuchar su voz, ni estira un brazo para alcanzar sus dientes postizos que yacen sumergidos en el fondo de un vaso de agua turbia sobre el velador.

Pero ella conoce lo que él le quisiera contar, de su viudez, de su abandono, de su militancia en los contingentes de viejos inútiles que no tienen cabida en ninguna parte, que toman el sol en los parques cuando está soleado hasta que la muerte los agarra sorpresivamente; que ha tratado de cumplir con la vida, que nunca estará preparado para el paso final, que no tiene miedo, que no guarda rencor a los mortales, que no es fácil peregrinar entre ellos, que se agreden mentalmente en el mito impredecible de la existencia humana, que hay que dejarlos solos que se extingan hasta que gusanos invisibles inicien su tarea mortal.

Ella sabe que su rostro se ilumina recordando a su mujer, eternizándola, urgente, etérea en su memoria transitoria, antes de que su alma se desprenda de su cuerpo usado que la ha cargado por eras, para caer silenciosa como un morral de emociones, la vida misma despeñándose en un abismo infinito.

Luego su alma se estira y se encoje dolorosamente como un acordeón exprimiendo sus últimos sonidos armónicos, reclamando sosiego en la amnistía previa a la partida, adelantándose al viaje final que ya ha empezado a recorrer.

Ella coloca la mano rígida del hombre sobre la camilla. Permanece en silencio mientras lo imagina solo frente a la muerte, desprovisto de todo, sin adioses ni lloros, caminando resuelto con su bastón en mano a cruzar el río salpicado de Pléyades, remontando estrellas, hacia la celeste fragancia de la eternidad, a caer tal vez en los brazos tiernos del Dios infinito, o a los quintos infiernos en el abismo del cosmos. Ella levanta su cabeza y recorre con la mirada la sala de geriatría, aquí donde los mortales igualan sus pasados preparándose para partir, unos lúcidos, otros cantando y riendo extraviados, inconscientes de su enemigo acechante, bebiendo abandono, reteniendo el resto de vida, como espectros solitarios semicubiertos de musgo.

Ella observa sus caras arrugadas de soledades seniles y sus desdentados maxilares acortan la dimensión vertical de sus rostros transformándolos en ingenuos semblantes de niños esperando su ración de amor. Ella aspira el olor butánico peculiar de sus alientos envejecidos mezclado con los desinfectantes con que limpian el piso. Una enfermera la observa desde lejos.

Algunos están contentos con su visita; otros se enfadan por la interrupción de su letargo; otros ni siquiera se percatan de su presencia.

Sus profundas y oscuras fosas nasales le recuerdan a Joaquín y sus palabras metafóricas: "gusanos invisibles", y los ve emerger del fondo de su imaginación.

A lo lejos uno levanta sus manos huesudas para saludarla, o, tal vez, para asirse a alguna mano transparente y amiga.

En una camilla, cubierto por una sábana, Joaquín es sacado de la sala de enfermos terminales.

Ella camina hacia la puerta y, a punto de traspasar el umbral, un coro de voces temblorosas la despide: "¡Hasta mañana doctora!", tapizando a su alma de una espesa capa de tristeza.

Sale al pasillo y se estremece al ver a Joaquín de pie, al fondo del corredor moviendo su mano al viento en despedida, antes de desaparecer por un laberinto de corredores.

Cierra sus ojos y escucha el resonar de mil bastones. Piensa en ellos tratando de hallar nuevas ideas, alguna brillante idea, así como conseguir para ellos algo más que sus simples bastones y sillas de ruedas, unos poderosos bastones de esperanza.

Cinco minutos después

Para James

Harriet Harrison salió medio moribunda del escondite subterráneo al jardín que en otros tiempos fuera el esplendor verde y florido de la famosa mansión de la avenida Pennsylvania.

Atónita observó el nuevo paisaje: sobre ella un telón negro, la noche infinita, los restos calcinados del universo estelar.

Solamente los destellos de luz que emanaban de los escombros aún ardiendo de la ciudad destruida, apenas le permitían visualizar objetos más allá de un par de metros.

Se sacudió el traje chamuscado y caminó a tientas un par de pasos por aquel lugar que conocía bien, hasta encontrar un fragmento de piedra cuadrangular que había servido de base para algún monumento del jardín. Lo palpó con la mano derecha y, cuando estuvo segura, se sentó sobre él, extrajo de la mochila la linterna de luz halógena que encendió y puso a un costado en el suelo, junto con el diario de vida y el lapicero de oro. Consultó la hora en el reloj de pulsera: las 6:30 am. Entonces emitió un suspiro de alivio: hoy no tendría que lanzar el despertador debajo de la cama, ni salir a trotar para bajar de peso seguida por los guardaespaldas, ni enviar el repetido mensaje diario a la nación y al mundo entero, ni contestar quinientas mil preguntas a los periodistas de la prensa mundial, ni, gracias a Dios, soportar el mal aliento del secretario de Estado Jim Clarke. Ni tampoco tendría que enfrentar a los enemigos que la acusaban de cínica, trepadora y de doble vida.

Ahora estaba, sin duda, completamente sola, derrotada; y cada segundo significaba un segundo menos, segundos de agonía y de espanto.

Recordó los días de la infancia, a la abuela Ethel, que la crió y que la llevaba los domingos a la iglesia local, según ella, para formar la base espiritual de la niña y despertar el respeto a Dios.

Fue en aquellos tiempos que aprendió lo que los Evangelios decían acerca del fin.

Intentó repasar mentalmente los versículos clave que hablaban del final, tratando de compararlos con lo que estaba viviendo.

La campaña electoral para ganar las elecciones y dirigir a la súper nación había distraído a los gobernantes y al pueblo, los cuales no se dieron cuenta del inminente peligro del enemigo, quien simplemente cumplió la amenaza.

El ataque ocurrió en un abrir y cerrar de ojos, sin darles tiempo para refugiarse en el lugar preparado.

El calor reverberante originado por la explosión le había quemado la piel, que le ardía cuan llagas abiertas a la atmósfera ácida.

Se quitó como pudo la chaqueta con la esperanza de insuflar aire fresco, ahora transformado en una mezcla de gases letales.

Entonces, a sabiendas que el fin se acercaba, decidió usar las últimas gotas de energía para evaluar a los seres humanos que tan bien había descrito en el famoso *best seller* que la consagrara, *Los inhumanos*.

En aquel libro había expresado desacuerdo por la desesperación del hombre por el poder y la gloria, sin que por ello renunciara a sacarle partido a ambos una vez en su cargo. Si bien no comulgaba con la segregación racial, no llegaba a articular algo efectivo para frenarla. Tampoco mostraba demasiado interés por resolver el asunto del aborto y el matrimonio de parejas del mismo sexo, y ni siquiera había designado fondos para encontrar la cura para el cáncer y el sida. Y aunque en el fondo del alma, por vanidad personal, le hubiera gustado aprobar la clonación del hombre para intentar perpetuarse, se opuso rotundamente, mostrando al mundo una falsa santidad. Y qué decir del catastrófico problema del calentamiento global causado, según los científicos, por el mal cuidado del planeta y que para ella, con sus conocimientos de geofísica, no era más que una etapa intermedia entre dos glaciaciones que debía ser resuelta, como siempre había ocurrido, por la propia naturaleza.

También se le había escapado de las manos el terrorismo organizado dirigido por el enemigo número uno: Natilo Yerumih, unególatra, taumaturgo, falso, calificado por los cristianos de siempre como el anticristo, que en aquellos últimos cuatro años había alcanzado poder y fama por las manifestaciones sobrenaturales, fingiendo amor por la humanidad, aunque en el fondo la odiaba, disimulándolo muy bien con milagros diabólicos.

Harriet Harrison no quiso perder más tiempo pensando en aquel desfachatado, ahora que debía de estar bien muerto después del ataque nuclear que él mismo había desencadenado y que tenía a la tierra a punto de desintegrarse.

Se quedó en silencio, quieta, y, a pesar de la hecatombe, recordó los deliciosos desayunos que le preparaba el personal de cocina, y que ella disfrutaba sin pensar en los pueblos en vías de desarrollo, ni menos, en el reporte anual de la FAO que mostraba niños desnutridos y que ella hojeaba rápidamente con cara de falsa piedad.

Ahora todo le daba igual, sentada al borde del abismo de lo incierto, cuando se estaban cumpliendo las profecías, a punto de desaparecer, sin tiempo para arrepentirse, como si fuera una versión de Hamlet en el monólogo aterrador de la última escena del desabrido drama de los seres humanos, sola frente a la muerte, sin adioses ni lloros, lista para caer en los brazos tiernos del Dios infinito, o desaparecer en el enredo de los quintos infiernos.

Con dificultad sacó de la mochila la Biblia de hojas amarillentas de bordes dorados que la abuela le había regalado hacía cincuenta años y que había consultado en raras ocasiones. La apretó contra el pecho como aferrándose a algo divino, como implorando amnistía al Dios que nunca adoró.

Intentó ponerse de pie sin conseguirlo, cayendo al suelo sobre el costado, con los ojos abiertos, la mirada fija hacia el cielo negro, aun con las gafas medio montadas sobre la silla ósea de la nariz anglosajona, estremeciéndose en un espasmo mortal, mientras palidecía y los ojos se le nublaban murmurando una oración ininteligible.

Solamente brillaba en los ojos azules y fijos la luz de la poderosa lámpara que también reflejaba el resplandor sobre el lapicero de oro que yacía en el suelo y que llevaba grabado con letras góticas su nombre: Harriet Harrison, Presidente de los Estados Unidos de América.

Las cajas del tío Pablo

A José Joaquín Mora

Cuando en el noticiero de la mañana anunciaron que la llegada del huracán a tierra firme era inminente, el tío Pablo se llenó de angustia porque la última ventolera fuerte hacía más de veinte años le había arrebatado lo que más amaba. Su madre le había repetido hasta el cansancio que vendiera esa casa y comprara otra en un pueblo cercano, en tierra firme, alta, lejos de la orilla del mar, pero él, a pesar de que recordaba bien los desastres del pasado, parecía aferrarse a los recuerdos y se resistía a moverse de allí. Agobiado por la noticia, comenzó con urgencia a cargar las cajas de cartón que tenía en el subterráneo a un lugar seguro en el primer piso. En ellas guardaba todos sus recuerdos: sus cosas más amadas, poemas, libros, fotos de la familia, su testamento y todas las pertenencias de su amada Rebeca. Un par de veces había querido empacar la ropa de Rebeca y llevarla a una de esas tiendas de caridad, pero sacarlas un centímetro fuera de la casa era como decirle adiós a ese amor tan grande, como poner en la calle a su propio corazón, y él nunca iba a estar preparado para eso.

Días antes lo había visitado una asistente social del gobierno tratando de evaluar su situación en la vejez y había recorrido la casa y le había dicho que sería mejor deshacerse de todas esas cajas, que debía ser más práctico, real, que todo ese desorden era peligroso y se estaba transformando en un *hoarder,* en un cachurero. Él estaba seguro que para ella era fácil decirlo, pero si se hubiese metido en sus zapatos y hubiese sentido lo que él sentía, cómo su corazón se exprimía de dolor solo al pensar en poner todo en la basura, ella no lo habría mencionado jamás, porque allí estaba concentrada toda su vida y en cada cosa guardada estaban pegados los recuerdos como hongos difíciles de extinguir, y renunciar a ellos era como morir en vida. Quedó entristecido con la visita de la mujer y con la insinuación de que botara lo que más amaba. Además, le parecía injusto que lo hubiera llamado cachurero, que le hubiera achacado ese trastorno mental que él conocía muy bien. Había pasado acarreando las cajas desde que vio el noticiero de la mañana, un esfuerzo que no debió hacer a sus setenta y seis años, que después del mediodía, cuando se tendió extenuado sobre el sofá, casi no se podía mover porque le vino un dolor agudo en la espalda, un espasmo muscular que el doctor llamaba lumbago. De inmediato estiró un brazo hacia la mesita de centro y alcanzó el frasco de los analgésicos y relajantes musculares y se tomó dos tabletas de una. Su gato, que estaba tan cansado como él y que lo había seguido sin parar de arriba para abajo, se echó sobre una de las cajas presintiendo que estaban a punto de mudarse.

Allí, acostado sobre el sofá, el tío Pablo jamás se imaginó el momento que estaba viviendo solo y sin ayuda, al darse cuenta, estupefacto, cómo el día se iba oscureciendo mientras el viento huracanado soplaba cada vez más fuerte, indomable, haciendo crujir los cimientos de la casa, y la lluvia azotaba el ventanal como anunciándole que pronto entraría por cualquier rincón y se quedaría por largo rato rompiendo sus recuerdos.

De pronto, se estremeció con el estruendo de la caída de un árbol en el patio, junto con un apagón eléctrico que lo dejó en una oscuridad indescriptible, seguido por el ruido de una gota de agua que empezó a filtrarse y caer amenazante desde el techo al piso de la sala. Se enderezó y, a tientas, encendió una linterna. Un frío extraño le recorrió todo el cuerpo. Sobresaltado, abrió una de las cajas, donde encontró aquellas cosas que eran los tesoros más preciados de Rebeca, su mujer amada, ausente, ida, muerta. Ahí estaban sus cartas amarillas, sus canciones preferidas, sus poemas dedicados y decenas de fotos en sepia estropeadas por el tiempo. Se acomodó los lentes y leyó un poema, luego otro, luego una carta, luego otra, esas de un 14 de febrero. Con nostalgia repasó algunas fotos. Pensó que no volvería a llorar, pero todo estaba impregnado por la magia de los recuerdos que iban cobrando vida ahora que ella estaba tan distante y él listo para ser desechado como escombro inservible después de una guerra. Volvió a tenderse sobre el sofá, alucinado con esos momentos que estaba evocando y que, como un resplandor fugaz del ayer, le habían venido a iluminar su alma ensombrecida por una gruesa capa de tristeza. Cerró sus ojos imaginando el pasado y pudo escuchar las voces, las risas, las palabras de antaño, la eterna algarabía de los niños, el viejo murmullo de una antigua alegría.

Se despertó cuando golpearon a su puerta. Era ya de día y una patrulla de la defensa civil de la Guardia Nacional deseaba saber quiénes vivían allí y en qué condiciones estaban. Uno de ellos gritó: *"¿Anybody home?"* Y él respondió con voz temblorosa a través de la mampara, en su inglés con acento hispano: *"Yes,... only me and my cat... and we are still alive"*.

Abrió la puerta y se topó con un grupo de socorristas que estaba asistiendo a personas abandonadas en los barrios más afectados por el huracán.

La partida fue rápida, sin la opción de arrepentirse y volver por los recuerdos. Lo abrigaron con una manta y uno le dijo: *"¡Let's go, grandpa!"*, y él tomó la caja con su gato y lo subieron a una ambulancia rumbo a un refugio. Un sollozo profundo le estremeció el alma llena de recuerdos al despedirse de su casa desbaratada, que, poco a poco, se fue borrando de su vista llorosa en el horizonte de esa mañana fría de noviembre. La ambulancia hizo un giro y, con sus llantas medio sumergidas en el barrial, comenzó a alejarse lentamente de la costanera por una avenida hacia tierra firme y alta, lejos de la Jersey Shore.

El tío Pablo había sobrevivido a la tormenta, al rugido del viento, al frío, a las aguas tempestuosas, a la soledad y a la oscuridad de esa noche interminable, aferrado al recuerdo vivo de su gran amor, Rebeca, que solamente la muerte podría borrar de su mente.

Que duermas bien, José Miguel

Manuel Urrutia no podía conciliar el sueño. Cada vez que cerraba los ojos pensaba en el cráneo agujereado que tenía un diente de oro y que había guardado en la mochila. Se le erizaba la piel de solo pensar que, de pronto, esa cabeza sin cuerpo iba a cobrar vida, se acercaría a él y comenzaría a hablarle, a decirle quién era, a contarle su pasado. O quizás iba a llorar o a reír. Y el diente de oro brillaría con la luz de la lámpara de noche.

Al día siguiente esperó que la madre se fuera al trabajo para seguir las instrucciones de hervir el cráneo en una solución suave de soda cáustica para limpiarlo de cualquier resto de tejidos blandos. Después del baño en el ácido suave, el diente de oro cobró el brillo del pasado y la calavera limpia pasó de un color café amarillento a otro blanquecino casi marfil.

Manuel Urrutia había ingresado al primer año de medicina y necesitaba huesos, tal vez un esqueleto completo, para memorizar los vericuetos de la anatomía. Uno de sus compañeros le había recomendado ir al cementerio donde un panteonero viejo guardaba restos de cadáveres que ya nadie reclamaba y que luego vendía a muy buen precio a los estudiantes de ciencias médicas.

Cuando Manuel visitó al traficante de osamentas, se quedó perplejo al ver ese cráneo que tenía características que le llamaron la atención. Los maxilares estaban intactos, poblados con sus treinta y dos dientes permanentes, con el incisivo central superior derecho cubierto por una corona de oro. Había un hueco en el lado izquierdo de la frente. Y, a pesar de contar con ese forado que parecía haber sido hecho por un disparo a quemarropa, el vendedor de huesos le advirtió que el cráneo era caro por estar casi intacto y por el diente de oro.

Después del hervor en el ácido durante la mañana, Manuel puso el cráneo a secar sobre el escritorio, donde ahora yacía inerte, impecable, casi con la apariencia de un objeto artificial.

Manuel Urrutia nunca había esperado con tanta ansiedad el retorno de su mamá para mostrarle la sorpresa: el cráneo listo para sus estudios.

Como de costumbre, Soledad Valdivieso llegó pasadas las cinco y, tan pronto como entró a la casa, caminó directo a abrazar a su hijo. A ella nada la asustaba. Había vivido solo para Manuel, para verlo un día ser médico. Pero al ver el cráneo se detuvo en seco y, desde lejos, comenzó a observarlo con detención.

Se acercó y lo tomó en sus manos. Con dedos expertos tocó el diente de oro que ella conocía muy bien y que jamás había olvidado. Recorrió con ojos ávidos de respuestas todos los ángulos de esa calavera. Y, sin ninguna duda, la apretó contra el pecho mientras estallaba en llanto.

Sollozando besó aquella coronilla, acarició los huesos del pómulo, el mentón y la frente acribillada. Manuel creyó que su mamá se había vuelto loca.

Hasta que, entre lágrimas, le fue relatando la historia del tío José Miguel, a quien Manuel conocía vagamente por las conversaciones de su familia como aquel tío que hacía más de cuarenta años había tomado la misma decisión que él: ser médico.

La madre le contó detalles que él recordaba lejanamente narrados por sus abuelos y que parecían fluir frescos de la memoria de la mujer: la vida estudiantil, las marchas de apoyo, el golpe de Estado, la desaparición.

Le dijo que José Miguel había dedicado su juventud a los necesitados hasta la caída del Gobierno, tiempo en que desapareció sin rastros. Y, por temor al nuevo régimen imperante y ante la falta de pruebas tangibles, fue mejor dejar todo bajo aquella espesa capa de silencio, aquel suspenso angustioso que no le permitía ser feliz, con esa incógnita que ahora después de cuarenta años parecía tener respuesta: el cráneo con el diente de oro que lo hacía inconfundible, había aparecido.

—Es él, mi único hermano, tu tío José Miguel. Yo lo sé. Este diente de oro es único, yo misma le hice esta corona en mi último año de odontología —le dijo la madre.

Manuel le contestó incrédulo.

—Mamá, ¿acaso te has vuelto loca? ¿Cómo puedes estar tan segura?

Ella, conmovida con el hallazgo, cerró los ojos en un trance profundo y empezó a recordar a José Miguel como tantas veces lo había soñado, en una celda, sucio y sin comida, muerto de frío, llorando en silencio, loco de angustia.

Soledad Valdivieso lloraba aferrada al cráneo, lo único tangible que la unía a su hermano muerto. En su mente continuaba el desfile de imágenes, aquella voz, aquella risa contagiosa, las palabras de antaño, la locura de la juventud. Luego, disparos, bombardeos aéreos, toque de queda, el tronar de muchas botas, silencio de muerte, el general dando órdenes. Entonces, enloquecida, gritó:

—¡Infames, animales, asesinos, hijos de puta! ¿Por qué?

Desconcertado, Manuel se acercó y la abrazó, mientras Soledad, aún aferrada al cráneo, se fue deslizando sobre el sofá diciendo cosas sin sentido.

—Mamá —le dijo Manuel—, si tú sabes que este cráneo es del tío José Miguel, le daremos sepultura, lo cubriremos de flores, con sándalo y musgos de encinas milenarias de este valle de tierras volcánicas.

Sollozando, Soledad Valdivieso se dirigió al cráneo:

—Yo te prometo que nadie volverá a quitarte el lugar que te corresponde, ni traspasará tus sueños con un proyectil destructor, ni venderán tus huesos como restos inservibles.

Luego, acunándolo en su pecho, agregó:

—Como nos enseñó mamá, te deseo que duermas bien, en paz. Yo velaré tus sueños. Ahora, al haberte encontrado podrás al fin reposar. Tus asesinos creyeron quitarte impunemente el descanso eterno. Te lo devuelvo con tu nombre: José Miguel Valdivieso: nunca más serás un "sin nombre" en tu tierra amada.

Se dirigió al dormitorio presa de un dolor agobiante que le impedía seguir traficando en rencores pasados. Pero a la mañana siguiente ya lo tenía claro. Envolvió con cuidado el cráneo en una bolsa y se dirigió a la Corte de Apelaciones de Santiago, segura de que contaba con argumentos más que suficientes para que el ministro en visita extraordinaria para causas por violaciones a los derechos humanos Mario Carroza la recibiera y no pudiera negarse a engrosar la lista de crímenes de la dictadura que seguía investigando.

Un ramo de nomeolvides

A María Inés

Parecía que, los seres que siempre la habían amado, ahora se hubieran transformado repentinamente en aquellos enemigos tenaces que la perseguían y la mantenían secuestrada. Entonces, Carlota Berstein huía de ellos sin poder encontrar alguna salida fácil para escapar.

Sebastián, el marido, la vigilaba y, a veces, el hombre recibía insultos y empellones inmerecidos.

Carlota deambulaba por la residencia cerca al lago a la que habían llegado para que no tuviera que sentirse tan atosigada. Pero ella se empecinaba en buscar alguna puerta abierta para llegar a explorar afuera el cambio de aires. Y, en ese incesante vagar por las habitaciones, encontraba en los estantes algún libro que hojeaba y que parecía leer. A veces lloraba ensimismada en la lectura, tal vez recordando aquellos protagonistas de las historias que ella misma había inventado y que ahora se convertían en personajes reales en su mente reseca, adquiriendo vida en charlas solitarias.

Una mañana, Sebastián, inventando maneras para entretenerla, puso en sus manos un manojo de llaves inservibles. Carlota lo examinó con detención antes de guardarlo en la cartera donde almacenaba un banano a medio comer, un lápiz labial usado, monedas antiguas, recortes de periódicos y un frasco de perfume vacío.

Moviéndose con sigilo, se fue hasta una de las puertas intentando abrirla, forcejeando con cada llave inservible, hasta darse por vencida y llorar como una niña contrariada.

El hombre encendió la música: *Balada n.º 1 en sol menor, op. 23*, de Chopin. Ella, aún sollozando, se acercó a los parlantes, tal vez reconociendo la melodía favorita.

Luego, se fue moviendo de a poco hasta el sofá y se sentó en silencio en aquel lugar de siempre, cerrando los ojos, hundiéndose calcinada en aquella antigua melancolía.

Sebastián se estiró agotado en un sillón cercano.

Al cabo de algunas horas, el hombre se despertó y descubrió aterrado que Carlota había desaparecido.

De inmediato lo invadió un temor indescriptible. La buscó por todos los rincones de la casa, por el jardín y por los alrededores.

De súbito, como en un trance premonitorio, cerró los ojos y le pareció verla en las ensenadas del lago.

Sin perder un segundo, el hombre condujo el carro por la calle que serpenteaba hasta llegar al borde del lago. Se anunciaban lluvias y vientos fríos del norte y el ocaso se desplomaba lentamente sobre el horizonte lejano. A medio camino, en la vereda, divisó el oso de peluche. Apresuró la marcha hasta detenerse cerca de la orilla por la que solían transitar.

De a poco se fue abriendo paso entre los juncos, hasta escuchar en el silencio del crepúsculo el piar de los pájaros y la cantinela disonante de los grillos y aquella voz dulce, inconfundible que él conocía tan bien: Carlota Berstein, cantando una vieja melodía, medio sumergida en el lago, con la bata de noche, el pelo desgreñado, chapoteando feliz, mientras el oleaje y el viento la hacían tambalear.

Sebastián llegó hasta ella, la abrazó con ternura, la sacó del peligro, la tomó en los brazos y la llevó hasta el carro arropándola en un chal. La sentó a su lado, cerró las puertas con seguro y emprendieron el regreso.

Desde aquel día no ha sido fácil retenerla en casa. Carlota volvió al sofá frente a la ventana que da al jardín desde donde contempla ingenua la agonía esencial. Ausente, inmersa en quizás qué sueños sin alboradas nuevas, tratando de huir de aquellos seres extraños que la han tenido prisionera. Alimentando su alma casi vacía y errante, tal vez, con aquellos despojos del ayer, como un espectro solitario, refugiada en su silencio mortal, sentada en la antesala de lo incierto, a punto de caer en aquel pozo oscuro del olvido.

Hoy, en su cumpleaños, la enfermera le ha entrelazado el cabello, le ha puesto una capa leve de maquillaje en las mejillas ajadas y un fino toque de rímel en las pestañas espesas, matizando con una suave pincelada de *rouge* los labios mustios.

De los bellos ojos verdes de Carlota todavía emana el resplandor de su alma vagabunda.

Sebastián le ha comprado un ramo de nomeolvides. Se lo ha puesto en el regazo y le ha tomado las manos pálidas mientras la besa en los labios. Ella lo rechaza.

Él le pregunta angustiado:

—¿A quién amas ahora en tu silencio?

Ella esboza una mueca indefinida.

Sebastián la abraza contra el pecho, intentando arrancarla de su amnesia indiscreta, aferrándola a la vida antes de que ella dé el paso siguiente y se precipite rodando silenciosa por aquel abismo infinito.

Carlota acepta el abrazo con una especie de sonrisa, tal vez suplicando perdón por el olvido involuntario.

Desde los ojos húmedos del hombre ruedan lágrimas hasta las manos entrelazadas con las de ella, que yacen sobre el ramo de nomeolvides. Lágrimas que se mezclan con la saliva que cae desde la comisura de los labios de Carlota.

La carta

Soledad Donoso no había vuelto a casa desde cuando huyó urgente aquella fría madrugada de agosto de hacía más de veinte años.

Dejó el equipaje en el vestíbulo y comenzó a recorrer cada habitación llena de nostalgia. Entró al dormitorio que ahora olía a pasado y que había sido su refugio en los plácidos días de la adolescencia. Se tendió en la cama de respaldo de bronce y cerró los ojos para recordar, queriendo despojarse de aquel morral de emociones, reclamando la paz perdida. Sumergida en soledades eternas, fue cayendo lentamente en una especie de sueño profundo, donde comenzó a ver ante ella un desfile de seres amados: la madre, Joaquina Montiel, el padre, Rafael Donoso, la nodriza, Josefina González, y una fila de parientes y amigos de antaño que, en silencio, fueron quedándose de pie alrededor de la cama, observándola inquisidores como asomados al borde de una fosa profunda donde ella yacía inerte al fondo. La madre se inclinó y la besó en la frente y luego le señaló el velador donde yacía un sobre.

Tras la rápida pesadilla, Soledad Donoso abrió los ojos sobresaltada y estiró el brazo para alcanzar la carta. Leyó el remitente: Manuel Hernández. Centro de detenidos políticos. Se quedó en silencio apretando el sobre, recordando aquella noche de invierno en que, cegados por la pasión del primer amor, dejó entrar a Manuel a la vieja casona y lo llevó hasta la alcoba, donde, sin importarles la inocencia, locos de amor y de deseo, se lanzaron jadeantes sobre la misma cama de respaldo de bronce donde ahora yacía aturdida. Ahí bebieron en secreto los besos desesperados, diciéndose todo, sin palabras, con dulzura, con un coro de ayes que incendiaban la noche. Tras el deseo vino el silencio. Entonces Manuel le susurró al oído que la amaba, que la deseaba para siempre, que soñaba escuchar una vez más aquella balada de Chopin que ella interpretaba tan bien. Ella puso un dedo en los labios del hombre para explicarle que el piano en ese momento despertaría a todo el mundo, que los descubrirían y aquello sería el final.

—Pretende entonces hacerlo —le insistió Manuel mientras le masajeaba los hombros por detrás de la espalda—. Para que podamos evocarla juntos.

Soledad Donoso sonrió intrigada mientras dejaba que sus dedos validaran en el aire la conjura.

Recordaría luego cómo brillaban sus cuerpos en la quietud de la noche y no parecían que recién habían sido de fuego. En la penumbra de esa habitación aún latía el deseo apagado. Y aquella aurora en vísperas del golpe se llevó a Manuel para siempre por las calles vacías.

Soledad Donoso salió de la abstracción, abrió el sobre que había estado guardado por más de dos décadas y encontró la nota que decía: "Soledad, ayúdame. Manuel".

Fue al teléfono y decidió marcar el número que jamás había olvidado. Una mujer respondió:

—¿Quién habla?

Ella contestó:

—Soledad Donoso. Fui compañera de facultad de Manuel; quisiera hablar con él por favor.

La mujer esperó unos segundos y, con voz temblorosa, le dijo:

—Soy la madre. Desde que lo tomaron preso por orden del General no hemos vuelto a saber de él. Se lo llevaron quién sabe adónde. Desapareció. Y por más que indagamos, nunca llegamos a enterarnos sobre su paradero.

Entonces la voz se le quebró con un sollozo. Soledad le dijo que lo sentía, que la llamaría después, y colgó.

Por algunos minutos Soledad Donoso permaneció en silencio. Luego lloró sin consuelo. Después caminó como un fantasma hacia la sala y buscó la partitura: Chopin, *Balada n.º 1 en sol menor,* op. 23. Se sentó al piano. Los dedos expertos comenzaron a ondular suaves sobre el marfil del teclado y los acordes tristes invadieron la casa abandonada.

De pronto se detuvo. Sintió como si le estuvieran acariciando los hombros. *Para que podamos evocarla juntos,* recordó. Soledad suspiró y con cierta melancolía prosiguió tocando la balada infinita.

Afuera, Santiago se vestía de noche.

Cerro San Cosme

A Guillermo Willi

Aún sonaban en sus oídos aquellas palabras mal dichas: que se largara, que no volviera nunca más. La mujer se las había gritado mientras sacaba a Lucho a empujones de la choza aquella madrugada gris. El niño cayó sin aliento en la vereda como un despojo inservible junto a los tarros de la basura. Después la mujer le lanzó el cajón de lustrabotas, desparramando escobillas, betunes y tintas que se quedaron contemplándolo inertes. Lucho cerró los ojos y, por un instante, sintió que rodaba despeñándose por un abismo infinito.

La aurora sorprendió a Lucho en un suburbio desierto del cerro San Cosme mientras el viento húmedo lo abrazaba haciéndolo jirones, rompiéndole el alma en pedazos.

El niño miró desde el cerro hacia Lima, la metrópoli que se perfilaba con sus luces lejanas centelleando como un diamante.

Abandonado, a punto de soltar el llanto, sentado en el suelo fangoso, cavilaba tratando de encontrar respuestas, buscando alguna manera para poder cambiar aquel dolor incomprensible por una vida que valiera algo.

Lucho no dejaba de pensar en dónde dormiría esa noche y las siguientes.

Permaneció sentado en el suelo largo rato, mirando absorto la claridad de la aurora que comenzaba a desplegarse desde la cima de los cerros. Luego, tragándose un sollozo, se levantó como un zombi, recogió las escobillas y las tintas y volvió a guardarlas en el cajón betunero. Se lo colgó en uno de los hombros huesudos, emprendiendo la caminata desde el cerro, bajando al centro de la ciudad, haciendo un esfuerzo para no llorar.

A medio camino pasó frente a una iglesia y leyó una inscripción en el frontis: "Jesús te ama". Lucho se quedó perplejo. No podía creer que alguien fuera capaz de amarlo.

Sin pensarlo dos veces, entró a la iglesia, se arrodilló frente a un Cristo crucificado y le dijo:

—¡Ayúdeme, por favor, Señorcito bueno! ¡Yo no pedí todo esto! —implorándole alivio por aquel destino irremediable.

Salió del templo y continuó el recorrido hacia el centro.

Después de muchas cuadras, cansado, decidió tomar un ómnibus.

Al llegar a la plaza San Martín, Lucho se lanzó del bus todavía en marcha y, de inmediato, comenzó a promover el negocio, sumando su grito al estruendo de la ciudad:

—¡Limpio, limpio, limpio!

Un señor de corbata lo llamó.

Mientras le sacaba brillo a los zapatos, el niño pensaba: *Este señor está bien vestido, ha estudiado. Así me gustaría llegar a ser un día.*

El hombre le gritó:

—¡Concéntrate loco, no me ensucies las medias!

Lucho le respondió:

—Perdón, patroncito —y agregó—.Ya está, son siete soles.

—¿Siete soles? —exclamó el hombre—. ¿No te parece un robo?

Al mediodía Lucho sacó de un bolsillo aquel trozo de pan que esa madrugada había sido el motivo de la guerra con la nueva conviviente del padre. Y, mientras se lo comía, lo iba compartiendo con unas palomas que habían comenzado a rodearlo. Absorto en sus pensamientos, Lucho volvía a pensar dónde dormiría esa noche.

Luego, extenuado, se fue hasta el parque Universitario y allí tendió el poncho rojo sobre el pasto, se acostó sobre él tratando de descansar. Fijó la mirada en el cielo, donde descubrió un punto negro que bajaba haciendo círculos, como planeando, hasta que el punto se transformó en un pájaro negro y blanco, enorme, que se fue acercando a la tierra, directo hacia él. Lucho tuvo miedo, pero antes de que pudiera escapar, el ave le dijo:

—No temas, Lucho. Yo soy el cóndor, el rey de los Andes. Me llaman Taita Kuntur. Por generaciones hemos ido heredando nuestra labor de rescate. Hemos estado observado tu vida de sufrimiento y hoy, especialmente hoy, te vimos salir de tu casa y caer sobre el suelo barroso. Luego, caminaste hasta el centro a limpiar para poder vivir. Entonces dijimos: "Basta. No más". Nuestra misión es ayudar a los necesitados de esta tierra y llevarlos a un lugar más confortable hasta que puedan valerse por sí solos. ¿Qué te parece si te llevo a ese lugar espléndido?

Lucho no sabía qué pensar. Estaba atónito. Todo esto lo había tomado por sorpresa. Pero, a pesar del temor que lo embargaba, parecía una oferta tentadora. Así que le dijo que sí, que era una sorpresa pero aceptaba hacer el viaje pensando que tendría por fin dónde dormir aquella noche.

Entonces el cóndor lo hizo recostarse sobre el poncho y poner el lustrín junto a él. De inmediato el ave amarró las cuatro puntas del chal y lo alzó con sus garras poderosas. De esa manera el cóndor más parecía una cigüeña acarreando a un recién nacido a su destino a la casa de padres dichosos.

Taita Kuntur fue tomando altura y remontando el cielo encapotado de Lima, dejando atrás el centro de la ciudad y sus edificios coloniales, el mercado y los alrededores hasta rumbear hacia el oriente, internándose en la sierra con destino desconocido para Lucho.

Durante el viaje el cóndor le fue explicando al niño que iban camino a una ciudad próspera, moderna, con todos los adelantos de este siglo y más. Una ciudad construida con la riqueza del tesoro de los incas que había sido descubierto hacía más de un siglo por otro cóndor explorador.

El secreto había quedado guardado herméticamente entre los descubridores y la valiosa fortuna había sido puesta a disposición de los pobres de esa tierra.

Ningún ser humano había sido capaz de encontrar el sitio, ubicado entre la sierra y la selva amazónica, aún con ayuda de los medios más sofisticados, ondas magnéticas, rayos infrarrojos, drones, aviones de espionaje. Las expediciones habían pasado cientos de veces por el lugar siempre cubierto por una capa protectora de helio que la hacía impenetrable a todos los adelantos del momento.

Lucho a ratos se dormía, mecido por las corrientes de aire y la conversación incesante del Taita Kuntur.

Viajaron varias horas hasta divisar desde lo alto una planicie parecida a un aeropuerto. El sol bajaba hacia el poniente.

Taita Kuntur descendió con suavidad hasta posarse en la tierra.

Desde ese lugar se podía divisar un valle extenso donde había sido construida la ciudad secreta de los incas. Observar la metrópoli erguida a todo lujo, le hizo recordar la vista majestuosa de Lima desde el cerro San Cosme. El niño estaba agotado. Había sido un día de muchas sorpresas. Tan pronto como aterrizó, el cóndor lo llevó al edificio de los recién rescatados. El cóndor se despidió de Lucho y se lo encomendó a una asistente que los esperaba para llevarlo a su nuevo hogar, a su departamento privado, al dormitorio donde lo esperaba una cama confortable.

El cuarto estaba lleno de juegos electrónicos, una biblioteca, un escritorio con una computadora y un piano. Lucho había soñado alguna vez con ser un pianista.

Esa noche durmió profundamente, sin tiempo para sueños ni pesadillas.

A la mañana siguiente la asistente le mostró el baño con agua caliente y un montón de toallas. A Lucho le parecía increíble todo lo que tenía frente a sus ojos.

Luego lo esperaba un desayuno delicioso.

La mujer lo llevó a conocer el edificio y los alrededores.

Fue en el jardín donde encontró a Taita Kuntur reposando sobre plumones blandos.

El cóndor le pregunto cómo se sentía en el nuevo hogar. Lucho le dijo que todo le parecía un sueño hecho realidad. Que por fin por primera vez en su vida había podido dormir en una cama limpia y tibia. Que lo único que extrañaba era a Pluto, su perro amigo, sus lamidos mañaneros para despertarlo y su eterna persecución.

El cóndor le dijo que le tenía una sorpresa en el colegio del refugio.

Caminaron hasta llegar a la cancha de fútbol donde dos equipos de niños jugaban frente al entrenador. El cóndor tocó el silbato y el juego se detuvo. Entonces cada uno de los jugadores se acercó a darle la bienvenida. Al final de la cola estaban el Carloncho y el Pelluco, sus patas del alma del barrio San Cosme, que habían sido rescatados para una mejor vida pocas semanas antes. Lucho estaba emocionado, casi sin habla. Luego el entrenador le pasó al niño un bolso con el uniforme y chimpunes nuevos y le indicó dónde cambiarse.

Lucho salió de los camarines y se integró feliz al juego, como si hubiera practicado con ellos toda la vida. Agarró el balón y, haciendo sus maniobras aprendidas los sábados en la pichanga del barrio San Cosme, cruzó la cancha como un astro consagrado para meter un gol espectacular que sacó aplausos de todo el mundo, especialmente del entrenador y de Taita Kuntur, que tenía los ojos húmedos.

Todos supieron en ese momento, al ver a Lucho intrépido y decidido, que estaban frente al milagro del nacimiento de un nuevo astro del fútbol mundial.

Y, como si esto fuera poco, escuchó de improviso el ladrido inconfundible de Pluto, quien apareció desde los camarines, corrió hacia el muchacho ladrando y, abalanzándose sobre Lucho, empezó a lamerlo de alegría por el reencuentro. Lucho no podía creerlo y abrazó al perro llorando de felicidad. ¿Qué más podía pedir?

Al abrir los ojos a Lucho le costó reconocer al municipal fustigándolo. Este, tras azuzar a uno de los perros chuchos que se había arrimado al muchacho en el parque, empezó a apremiarlo para que se levantara.

—Ya basta de siestas. Circula, circula.

La vida seguía su cauce y Lucho sabía que tenía que ganarse unos cuantos soles más antes de decidir dónde iba finalmente a pasar la noche.

Caminó unas cuadras antes de detenerse de pronto frente a una cafetería. Se miró la ropa sucia, pero, tras contar la ganancia diaria, entró con decisión. Apenas se sentó pidió un café con leche bien caliente y su chancay. Mientras esperaba, un sollozo ronco lo estremeció. Apoyó la frente sobre la mesa para mejor comulgar una soledad de hambres sostenidos y se dejó llorar.

La empleada puso el pedido sobre la mesa. Tras secarse las lágrimas con la manga de la camisa, Lucho entrelazó las manos sucias alrededor de la taza y empezó a beber el café lentamente.

Ya se las arreglaría. Quedaba todavía un buen rato antes de que Lima empezara a vestirse de noche.

Con olor a fortuna

Toda la noche había buscado la cédula de identidad y ya no quedaba lugar que Demetrio Martínez no hubiera rastrojeado: armarios, veladores, bolsillos de pantalones y cortavientos, billeteras viejas y libros. El único sitio que le faltaba era el fondo de aquella mina de oro donde había pasado varias semanas, junto a una treintena de compañeros, antes de ser milagrosamente rescatados.

La inusual noticia recorrió el mundo entero y Demetrio ascendió a la fama inesperadamente: la prensa local del pueblito de San José de Minas escribió, en uno de sus artículos dominicales, sobre "el viudo Martínez, intrépido minero que alentó al grupo a sobrevivir la tragedia", lo cual atrajo la atención de un canal de televisión estadounidense que lo invitó a una entrevista en Nueva York.

Preparándose para el viaje, Demetrio notó que había extraviado la cédula de identidad y, sin ella, el proceso para obtener un pasaporte se atrasaría. Aquella mañana, después de la trasnochada búsqueda, Demetrio observaba en su mano la tarjeta de visita que el ministro de Minería le había dado al visitar a los sobrevivientes en el hospital regional. Agotadas sus alternativas, decidió llamarlo.

Salió de casa hacia la oficina de teléfonos por las calles ardientes de esa tórrida mañana en el desierto. Una secretaria interceptó la llamada y Demetrio le explicó el problema. En respuesta, ella le informó que la cápsula Fénix usada para el rescate ya había sido desmontada y en ese momento estaba siendo exhibida en la capital, por lo que era imposible ayudarle a bajar los 700 metros hasta el fondo de la caverna para comprobar si la bendita cédula de identidad estaba allí.

Triste, Demetrio volvió a casa y se sentó al borde de la cama. Al desabrochar sus botas notó unas pequeñas brechas entre las tablas del piso y pensó que la cédula de identidad quizás se hubiera podido deslizar desde alguno de sus bolsillos hasta aquel espacio debajo del entablado. Buscó la caja de las herramientas y, con un martillo, despegó las tablas. Comenzó a excavar la tierra, de donde salían restos momificados de lagartijas y ratas preservadas como piezas arqueológicas para un museo de ciencia. Poseído por un presentimiento extraño, Demetrio decidió levantar el piso de madera de la sala y seguir excavando. Al cabo de una hora, la pala hizo un chirrido metálico que le destempló los dientes. Con las manos callosas y experimentadas escarbó el suelo arenoso: era un lingote de oro.

Demetrio continuó todo el día cavando, impulsado por el hallazgo. Al caer la noche solo quedaban en pie los muros divisorios, las paredes externas de calamina y el techo. El piso, completamente horadado, le había obsequiado un total de doce lingotes del precioso metal.

Mientras tanto, afuera, todo el pueblo se había reunido para ver qué estaba sucediendo. Sin comprender nada, los hombres murmuraban:

—¡Se ha vuelto loco!

Demetrio, sin darse por aludido, siguió con su faena hasta encontrar una caja con una carta firmada por su bisabuelo más de cien años atrás, donde explicaba que la fortuna era el pago acumulado de los servicios que había prestado toda la vida a los dueños de la mina y que, cercana su muerte y con la familia alejada, dejaba la herencia escondida hasta que algún descendiente la descubriera.

En la noche, Demetrio puso en una maleta el oro y casi 20,000 dólares que tenía guardados, dádiva del gobierno a cada uno de los mineros rescatados. Cerró puertas y ventanas y cruzó la calle al único mesón del pueblo. Sorprendida al verlo, la dueña dijo:

—¿Qué desea a estas horas Demi?

—Necesito albergue, señora Francisca —le contestó.

—Vaya Demetrio —dijo la mujer—, desde que Rosarito murió, usted se ha puesto bien raro. Mire que horadar el piso...

—¿Cómo lo sabe?

—Lo vi desde el balcón sacando arena al patio. ¿Qué tanto busca bajo tierra?

Demetrio la miró con seriedad en un silencio cortante e incómodo.

Desconcertada, la mujer lo condujo a una habitación en el segundo piso.

Demetrio puso la aldaba, sacó de la maleta los lingotes y los dólares. Los colocó sobre la cama y olisqueó con placer el perfume a dinero nuevo mientras acariciaba las barras de oro sin dejar de sonreír: por fin sería libre de tanta miseria; conocería el mar y todos esos lugares que había visitado en su imaginación mientras leía en sus ratos de ocio.

Volvió a guardar todo y se tendió en la cama sin desvestirse. Apagó la luz tratando de conciliar el sueño. El viento del desierto azotaba implacable y la arena, como lluvia seca, hacía rechinar los vidrios como uñas transparentes rasguñando el vacío. De madrugada se despertó sobresaltado. En la penumbra del cuarto vio a Rosario, sonriéndole, estirando los brazos, quizás en busca de un abrazo infinito. Demetrio encendió la luz. Rosario ya no estaba. La sintió invisible, etérea, fantasma a quien él todavía amaba. Se levantó de un salto, aún respirando el aroma a sándalo, rosas y violetas frescas. Tomó la maleta, bajó las gradas sin hacer ruido y dejó el pago sobre la mesa antes de cruzar la calle hacia su casa casi derrumbada.

Demetrio reunió lo más relevante de su pasado: las cenizas de Rosario, cartas, fotos, libros que habían sacado su imaginación prodigiosa de la mazmorra que era la mina y del hastío del pueblo. Revisó por última vez los armarios, recorriendo la vida en cada objeto, tratando de embalar lo justo para no aniquilar de su mente millones de recuerdos.

Todavía con el sol bajo y ya con su vida entera embalada, tapió puertas y ventanas y salió con rumbo a la terminal terrestre, tarareando una balada de moda, cruzando el pueblo con un carretón de mano cargado de maletas, las cenizas de Rosario, el gato y su providencial fortuna.

Las viejas del pueblo se asomaban sigilosas y, viendo la procesión de curiosos, salían a la calle para unirse al cortejo como en una romería de santos, aunándose al cura párroco, al prefecto de carabineros, al jefe del correo, al carnicero, al panadero, al médico, al farmaceuta y al dentista, que se morían de ganas de saber qué tanto misterio se iba llevando e inventaban toda suerte de historias y murmuraban malos conjuros sin discreción alguna.

Mientras la tempestad de arena arreciaba, Demetrio caminó hasta perderse más allá de la nube de polvo, de silencio y de olvido. Solo quedó el eco del silbido del viento, las voces de las habladurías del pueblo entero y los acordes de aquella canción de amor que Demetrio pasó cantando hacia una nueva vida que, con o sin entrevistas neoyorquinas, se auguraba ya con olor a fortuna.

Perfumes de ayer

Ignacio Seratti se despertó sintiendo el aroma intenso del café recién colado que invadía la casa y le hacía pensar en Solange, la mujer amada, ahora muerta. El hombre sabía que a los pocos minutos aparecería la mucama robot, como ya lo había hecho desde que la trajera dos semanas atrás, contratada para el servicio.

El robot entró al dormitorio en puntillas, puso la bandeja con el desayuno sobre el velador y desapareció como un fantasma hacia la cocina.

Ignacio se deslizó de la cama y pisó las baldosas heladas hasta alcanzar la taza de café humeante y se la bebió apresurado. Luego, se envolvió nuevamente entre las cobijas, con aquella misteriosa sensación que le dejaba la sirvienta robot. Él se negaba a creer en la similitud que había descubierto entre Solange y la sirvienta y no aceptaba aquel hallazgo absurdo.

En esos días, Ignacio Seratti seguía luchando con aquella profunda depresión por la muerte de Solange. Nada lo consolaba y no permitía sustitutas. Con el alma dolorida, no podía creer que no la volvería a ver jamás. No sabía si era mejor estar allí o seguirla más allá de la vida. Era un suplicio haberse quedado solo después de amarla durante casi cincuenta años. No podía soportar aquella ausencia final que, a ratos, fuera de sí, como un demente, lo hacía recorrer la casa buscándola, llamándola por su nombre. Entonces, consciente de no recibir respuestas, se refugiaba en el licor, queriendo desaparecer, hundiéndose para siempre en aquel pantano de angustia y de soledad.

Había estado a punto de enloquecer hasta que decidió seguir los consejos que le sugiriera el doctor que Solange y él tanto estimaban. Así es que, haciendo un gran esfuerzo económico, contrató a aquella sirvienta en la empresa de tecnología punta que le recomendara, un robot-mujer que estaba programado para asistirlo en todo. Ignacio lo había bautizado Romana.

Romana, a diferencia de los antiguos robots con formas cuadrangulares que se movían como zombis, era similar a un ser humano. Y, aunque no había sido creado a partir de una costilla de ningún hombre, era suave, femenino y estilado cuan maniquí de una tienda de ropa de la Quinta Avenida.

Hablaba poco y solo hacía preguntas cuando alguna orden escapaba de una lógica racionalista.

Ignacio se había dado cuenta de que Romana se esmeraba en complacerlo; y que desde que lo había traído a la casa todo brillaba y estaba en orden y no había un miligramo de polvo sobre los muebles o el piso laminado. La cocina estaba impecable y habían desaparecido las rumas de platos y de tazas sucias; y a diario la casa olía a una comida diferente. Qué decir de la ropa, que de nuevo estaba fragante, doblada con cuidado dentro de los clósets. Los libros que amontonaba sobre la cama para leer en aquellas noches interminables de insomnio volvían siempre a los estantes. Y, como si supiera que a él le fascinaba Scriabin, a ratos, sin interrumpirle, Romana se iba al piano y, con destreza, los dedos metálicos de robot volaban por el teclado deleitándolo con alguno de los estudios para piano favoritos.

Parecía un sueño mágico de este mundo moderno. Era increíble cómo todo había vuelto casi a la normalidad con aquella presencia silenciosa. Era como si Solange hubiera regresado.

Ignacio se había despertado esa mañana sabiendo que aquel día se celebraba el segundo aniversario de la muerte de Solange. Él se había estado preparando para visitar la tumba. Así que, después del desayuno, se dio un baño y se alistó para salir rumbo al cementerio.

Antes de partir, se despidió de Romana. Ignacio sabía que allí en el camposanto, de golpe, vendrían todos los recuerdos, aflorando más intensos que nunca, y lo dejarían otra vez tumbado en aquella horrenda soledad.

Al mediodía, al volver del cementerio, encontró sobre el escritorio una rosa de otoño, de las últimas que iban quedando en el jardín, las del verano ido antes de la primera nevazón del invierno acechante. Junto a la rosa, halló una nota que decía:

"Ignacio: Estoy aquí para servirte. Así que consulta el manual porque podría ayudarte a salir de esa enorme depresión que te causa la ausencia de Solange. Mi misión es tratar que ordenes tu vida de tal manera que puedas vivir con los recuerdos sin tener que llorar y que seas feliz solo pensando en la promesa de Solange: su amor más allá de la muerte."

Ignacio quedó atónito con la nota. La leyó varias veces tratando de analizar aquellos pensamientos, tan inesperados viniendo de un robot, que mostraban un profundo dejo humano. Sintió como si el espíritu y esencia de Solange o un cierto no sé qué, se hubieran metido misteriosamente en la compleja maquinaria de aquel autómata. Y el gesto de las rosas de otoño le doblegó el alma a tal punto que, de no ser porque era un robot, no cumpliría la promesa que le había hecho a Solange de que después de ella no existiría nadie más y no volvería a enamorarse mientras viviera.

Es un robot, pensó, pero los gestos humanos eran tan parecidos por no decir iguales a los de Solange. ¿Cómo podría ser esto si sólo estaba programado para asistirlo? No tenía por qué saber o adivinar todo lo que a él le gustaba ni parecerse a su amada

Solange. No tenía explicación posible, aunque en la mente le rondaba la sospechosa insistencia del médico sugiriéndole hasta con detalles dónde comprar un robot moderno. De todos modos, aquel misterio le impedía acercarse al mismo con más soltura, temiendo enamorarse del robot y romper el pacto.

Así que, después de leer la nota, se encerró en su recámara y se sumergió en sus delirios y tristezas, llorando a ratos sin consuelo.

De pronto, cansado de tanta soledad, a punto de enloquecer, se removió la correa del pantalón, buscó el taburete y la ató a una de las vigas del techo.

Al verlo, Romana, que seguía sus pasos desde el jardín y lo espiaba a través de la ventana, corrió al dormitorio y lo abrazó con ternura.

Ignacio escuchó impresionado que Romana lloraba con el mismo tono de llanto de Solange y lo consolaba con la misma voz inconfundible de la amada ausente. Sin embargo, al tocarlo sintió la textura metálica y la frialdad de aquel cuerpo de lata cubierto por la piel sintética.

Aún así, Ignacio percibió el perfume exquisito de Solange en Romana: J'adore, de Christian Dior.

Entonces, mirándolo fijamente, sin saber si aquel momento era un sueño o el fin de una pesadilla absurda, o el comienzo de una esquizofrenia o demencia, le preguntó:

—¿Eres Romana o Solange?

Él respondió con la voz tierna de siempre:

—Soy Romana —y le entregó una ficha que decía: "Máquinas inteligentes Inc. Réplicas. Pruebe ahora y pague después. Dirección: 2811 Sheppard Avenue East, Toronto, Ontario."

—¿Qué significa todo esto?

El robot le explicó con detalles que Solange, cercana a la muerte y pensando en el dolor que le causaría la partida, había dejado todo ordenado a la empresa fabricante de robots súper inteligentes, para que su voz y todo lo que era ella, quedara programado en su maquinaria sofisticada, y así, cada día, pudiera sentir el olor del café durante el desayuno, pudiera escuchar la música en el piano tal como se la dedicaba antes de partir y también ver a Solange en cada rosa de otoño y la encontrara invisible en el perfume de siempre que a él le fascinaba.

Entonces Ignacio, herido en el fondo del alma, comenzó a correr por la casa vociferando enloquecido:

—¡Sólo quiero a Solange, no sustitutas, no, no!

Romana, con la frialdad mecánica de un robot, apretó con la mano derecha el botón de emergencia ubicado en la muñeca del brazo izquierdo y se desplomó hecha mil pedazos sobre el piso de la cocina, transformándose en un montículo de acero, alambres retorcidos y circuitos calcinados.

Solo emanaba aún de los escombros el invisible y siempre exquisito perfume J'adore, mientras Ignacio seguía gritando incoherencias y corriendo por la casa como un loco desenfrenado.

Más allá del silencio

Para Becca

Romina Brokenbek se despertó bruscamente en el mismo instante cuando soñaba con aquella explosión que la dejó sobresaltada. Medio dormida, se levantó de la cama, cruzó el dormitorio y abrió la ventana que daba a la alberca. Una bocanada de humo ácido la obligó a cerrar la ventana de súbito dejando afuera aquel telón negro, la noche infinita.

—¡Pucha —refunfuñó—, ¡otra vez el bosque en llamas!

Volvió hasta la cama en la que Felipe Vial, el marido, seguía dormido con la boca abierta.

—Felipe, despiértate que hay otro incendio en el bosque —le gritó.

Pero Romina sabía que cuando Felipe entraba en trance, en busca de sueños premonitorios, era casi imposible que lo despertara. Y esta no sería la excepción.

Asustada, caminó hasta la sala y trató de encender una de las lámparas: no había electricidad, todo permanecía a oscuras.

A tientas, alcanzó los fósforos y encendió las velas que estaban sobre el piano.

Luego se estiró sobre el sofá, rogando que Felipe pronto despertara, sin poder sacarse de encima el olor persistente a humo que le raspaba las fosas nasales.

Sintió la piel tirante como después de tenderse toda una tarde en bikini al borde de la piscina.

Abrió una botella de agua envasada y bebió a sorbos el líquido, distrayéndose por un instante con el placer de reanimar su garganta seca. Pero el temor absurdo volvía a punzarle los sesos, con la precisión de dardos que insistían dolorosamente en seguir dando en el blanco.

Las llamas de las velas formaban figuras estiradas de luz y de sombra que se deslizaban como fantasmas por la casa en penumbra.

Aterrada, Romina se dirigió a la estantería y buscó algunos libros: *El profeta Daniel, Nostradamus, Los mayas*. Volvió al sofá y fue recordando lo leído cuando era estudiante de teología. Sabía que descifrar las predicciones del profeta Daniel era un trabajo de eruditos. Y verificar la compleja cantidad de estudios de los mayas la había dejado al borde de la locura. Y qué decir de Nostradamus: hacer coincidir las clarividencias era asunto de esquizofrénicos. Y todo eso le ponía los nervios de punta.

Romina Brokenbek había comenzado a sufrir aquel temor silencioso desde que estudió a fondo cada una de las profecías tres años atrás. Así que repasó aquella pesadilla: el ruido agudo de la explosión que aún le hacía vibrar dolorosamente los tímpanos y el fuego en el bosque.

Romina sentía algo amorfo volando silencioso por la casa, invadiendo cada espacio.

—¡Absurdas profecías que no me dejan en paz! —exclamó.

Fijó la mirada en la llama de las velas tratando de huir de aquel sobresalto que la perseguía.

Entonces, empujada por el temor, se levantó del sillón, caminó como una sonámbula y esta vez abrió la ventana que daba al jardín.

Afuera, en el horizonte negro, se delineaba una franja roja como un tizón encendido recostado sobre el perfil de las montañas lejanas. Más arriba, un techo profundo, oscuro: el cielo.

Se estremeció con aquella visión espantosa y con el mismo humo que hacía veinte minutos había aspirado como una bocanada mortal frente al ventanal del dormitorio.

De un golpe cerró la ventana y caminó hasta la cocina, donde el gato dormitaba en su colchón, con la barriga y las extremidades peludas hacia el techo. De paso, se acercó a la jaula en la que el canario yacía en el nido con la cabeza bajo el ala izquierda como un pajarillo degollado soñando con la libertad.

Romina volvió al dormitorio donde Felipe aún dormía con la boca abierta, casi desnudo, como un impertérrito Adonis, con la piel brillante y regia. Romina, sin mucha convicción, insistió:

—¡Levántate, Felipe, que hay otro incendio en el bosque!

Y regresó al sofá, electrizada en la penumbra de aquella noche llena de presagios, mientras las figuras de los cuadros colgados en los muros parecían haber cobrado vida, flotando incómodamente por la casa junto al olor persistente a humo y esperma de vela quemada.

Pensó en lo que había dicho el Padre Laccini en el sermón de la misa del domingo describiendo al Anticristo: *Un ser ególatra, aborrecedor de todo lo que se haya gestado en el Occidente, impregnado de odio y de amenazas nucleares.* Como una premonición fresca, un hombre se le vino a la cabeza: el ayatolá de turno.

—¡Qué estúpida! —gritó—. ¡Otra vez este miedo enfermizo!

Una arcada repentina con el sabor del vómito que le siguió, le estremeció las vísceras y la hizo incorporarse.

—¿Y si estuviera embarazada? —se preguntó temblando de miedo.

Había soñado con la dicha de un hijo, pero ahora no estaba segura si aquel amor intenso que se profesaban aún persistía mientras se iba extinguiendo el deseo, derivando hacia una rutina tediosa carente de pasión.

Temblando de miedo, Romina se palpó el vientre con la certeza de una nueva vida palpitando en las entrañas.

Aterrada, recordó las palabras divinas premonitorias: *Mas ¡ay de las que estén encinta y de las que críen en aquellos días!*

Un sudor frío le tapizó la espalda.

Se envolvió en una manta y se estiró otra vez sobre el sofá como en otros tiempos, queriendo volver a ser la mujer equilibrada de antaño.

Trató de borrar de la mente el olor a humo y la visión dantesca del incendio del bosque.

Tomó un libro intentando tranquilizarse, pero antes fijó otra vez la mirada en el fulgor de las llamas de las velas flameando sin cesar.

Así permaneció un rato, inmóvil, con la respiración débil, hasta que el alma se le fue aquietando.

De pronto Romina se puso pálida, con los inconmensurables ojos celestes abiertos y fijos. Un hilo casi imperceptible de saliva asomó por la comisura derecha de los labios.

El libro se le cayó de las manos rompiendo el silencio de aquella noche obscura.

Al cabo de un rato, al ruido ensordecedor de la alarma contra incendios se sumó el chillido agudo de la de monóxido de carbono.

De un salto, Romina se levantó del sillón y caminó hacia el dormitorio trastabillando. Agarró a Felipe por los hombros tratando de despertarlo para emprender el escape.

Desesperada, trató de verificar la respiración, como le enseñaran en un curso de primeros auxilios años antes.

Acercó su oído izquierdo para observar si respiraba. Quiso buscar un espejo de mano que había en el baño para ver el vaho de la respiración, pero estaba oscuro y no tenía tiempo para tal maniobra.

Tocó con el pulpejo de sus dedos el cuello de Felipe buscando palpitaciones en las arterias.

Aterrada, se abalanzó sobre los labios separados de Felipe y le insufló dos bocanadas de aire mezcladas con la saliva agria.

Felipe seguía inmóvil, tieso como un cadáver, sin dar ninguna señal de vida.

Ahora no le cabía ni la menor duda que las profecías se estaban cumpliendo.

Entonces agarró a Felipe por la espalda, puso sus manos bajo las axilas y lo arrastró hasta la puerta corrediza.

Lo dejó tendido de espaldas y abrió la puerta.

Como un brazo ardiente, zigzagueante, se introdujo el fuego que ya había empezado a devorar los árboles del jardín.

Romina retrocedió frenética y cayó sobre el cuerpo inerte de Felipe, empujada por las llamas.

Se acomodó abrazándolo, resignada al crecimiento silencioso del fruto de sus pasiones en sus entrañas, mientras ella se extinguía entre el inefectivo contrapunto de las alarmas.

Escarchado

Para Gabriela

Sentado en aquel escaño esperando a Pamela frente a la bahía, Manolo jamás se imaginó el peligro que lo acechaba. De pronto lo sorprendió una ventisca fuerte que hizo volar ramas quebradas, hielo y nieve, tapándolo con una rapidez abismal hasta dejarlo inerte, sin aliento, sin poder desprenderse del témpano que lo atrapaba. Manolo quedó convertido en una estatua de hielo con la mirada fija en el recodo del sendero por donde pensaba ver aparecer a Pamela en su bicicleta de color dorado, como en el verano cuando se reunían en aquel lugar de hermosa vista. Y él le iba a gritar: "¡Pamela!" Entonces ella correría a ayudarlo a salir de esa espesa masa de hielo y ramas que lo abrazaba.

Pamela Larson, aquella muchacha anglosajona que Manolo adoraba y que había conocido casi desde su llegada a Toronto, le había pedido que se encontraran en aquellos asientos que festoneaban la ribera de la bahía de Humber, ofreciendo un remanso de paz cuando todo el mundo corría enloquecido por las compras navideñas.

Aquella horrible tormenta de hielo y nieve había tomado a Manolo por sorpresa. A la altura de los ojos, el hielo que lo envolvía se transformó en una lente gruesa que magnificaba todo lo que había cerca suyo.

Aquel atardecer tres mapaches se acercaron a Manolo. Se detuvieron, lo olfatearon y siguieron su camino. A través de esa lupa poderosa, aquellos animales le parecieron leones feroces buscando presa.

Manolo Román estaba aterrorizado. Con el corazón en la garganta, con ganas de salir corriendo, de pedir auxilio para ser liberado, sin siquiera poder mover sus manos escarchadas para meterlas en sus bolsillos y sacar el celular para llamar a Pamela, aunque todavía estaba conectado con los audífonos a su emisora favorita.

Trató de concentrarse para inducir la producción de calor corporal y derretir el hielo: aquellos estudios en el Tibet no le sirvieron de nada. Solo el sol y una sierra podrían reducir esa cárcel en pedazos. Pero, ¿quién podría hacerlo si nadie se había dado cuenta de que había un hombre sentado en un escaño al borde de la bahía atrapado dentro de esa mole de hielo? Además, podía leer un letrero cercano que decía *No Winter Maintenance*.

El hielo se fue depositando sobre los árboles y cables del alumbrado hasta que muchos de estos no resistieron más y se desplomaron ante semejante peso. Entonces Toronto se quedó en tinieblas.

Aquella primera noche Manolo durmió muy incómodo. Toneladas de escarcha lo rodearon mientras la tormenta azotaba a la ciudad a oscuras.

Al día siguiente Toronto amaneció hecho un desastre. Todo parecía de cristal. Un tenue rayo de sol despertó a Manolo cuando, al traspasar el hielo, el haz de luz formó un prisma iridiscente.

Manolo había comenzado a sentir hambre, a extrañar por primera vez un café con leche y tostadas con mantequilla. Desde su prisión involuntaria, con los audífonos conectados a la radio, a cada hora escuchaba noticias. Que Alice Munro no pudo viajar a Estocolmo. Que los huracanes, las guerras y el virus del Ébola seguían agobiando al planeta Tierra. Que la tormenta de hielo y nieve tenía a miles en Toronto sin servicio eléctrico soportando el frío. De vez en cuando el locutor informaba sobre la desaparición de un estudiante extranjero, un tal Manolo Román.

Al cabo de tres días de estar congelado en ese escaño, con miles de torontonianos sin servicio eléctrico, Manolo divisó a lo lejos la Nochebuena a través de los ventanales de los rascacielos que se asoman al oeste serpenteando el borde del lago, con sus habitantes iluminados con linternas y velas, tal vez cantando villancicos, sin pavo al horno, solidarios con amigos que sufrían la misma tragedia, invitados a entibiarse frente a una simple chimenea encendida.

Una semana después Manolo vio pasar a Pamela por el paseo marítimo de Sunnyside, quizás buscándolo, siguiendo alguna pista. Él le quiso gritar cuánto la amaba, que no la había abandonado, que se moría de ganas de besarla, que había luchado inútilmente intentando liberarse de ese hielo maldito.

En esas noches interminables Manolo luchaba para no olvidar su nombre ni desaparecer como un fantasma sin destino. Entonces se preguntaba qué diablos hacía en aquella ciudad congelada.

Pasaron muchos días hasta aquella madrugada fría de marzo en que la luna llena se reflejó sobre el manto blanquecino que cubría el lago Ontario y la ciudad de Toronto, que seguía escarchada. Manolo no pudo explicarse aquella luminosidad magnífica, ni ese lamido argento en su retina fría, ni su insomnio por aquella atracción misteriosa. Se sintió tan solo en aquella noche inmensa. Entonces lloró lágrimas de cristal, como perlas del alma. Y los sollozos se confundieron con el ruido lento del respirar de la ciudad dormida.

Hoy, que han pasado casi tres meses desde aquel sábado nefasto, vinieron del municipio con sierras eléctricas, movieron a Manolo del escaño a la tierra junto con las ramas que lo envolvían y lo cortaron en forma mecánica tan rápida que él no pudo gritarles que no lo hicieran.

Ahora Manolo no sabe cuánto tiempo más vivirá en aquel estado. Porque los gusanos no perdieron el tiempo y rápidamente iniciaron su labor con ese cuerpo despedazado.

Los restos de Manolo han comenzado a mezclarse con la hojarasca húmeda y el musgo de sándalo del parque que bordea la bahía de Humber. Mientras tanto, la policía prosigue investigando sobre su paradero, aunque, tras haber estado escarchado, Manolo ha pasado a ser ahora un *cold case*.

A veces Pamela vuelve al lago a recordar aquellos momentos inolvidables junto a Manolo, su amante latino. Se sienta en el escaño favorito de los dos. Manolo la observa desde la tierra soleada a través de los tulipanes que ya empiezan a brotar en primavera. Pamela, llena de melancolía, fija la mirada llorosa en el infinito más allá de los muelles solitarios de la bahía y de las islas de Toronto. Y, de vez en cuando, se detiene a mirar los tulipanes, corta uno muy rojo y lo coloca, entre suspiros, dentro de su diario de vida.

El gato del piso treinta

Para Cuchy

Aquel día Jerry Hudson se despertó con el mismo malestar indefinido de siempre, un dolor lacerante en el corazón que lo dejaba paralizado. El psiquiatra le había dicho que el dolor emanaba de las profundidades de la mente y se extendía veloz cada vez que le invadían la angustia y la desolación.

Ese dolor venía siempre acompañado de aquel ruido intenso que le taladraba los tímpanos y de la sensación de ceguera que no lo dejaba ver con claridad.

Jerry Hudson se levantó y caminó a tientas hacia el armario del baño, sacó el frasco de tabletas contra el pánico y se tragó dos pastillas de golpe con un sorbo de agua.

Pensó de inmediato que aquel era el día perfecto, con todo el mundo enredado en sus quehaceres, para terminar con aquella horrible existencia, con esa enorme desesperación que le estremecía el alma y no lo dejaba vivir en paz.

Se encaramó en la silla y abrió la ventana del balcón, topándose con una bocanada de aire congelado que lo hizo estremecer.

Estaba preparado para el fin. Había calculado la caída libre desde el balcón del piso treinta al cemento de la vereda.

Pamela, la mujer que amara, aterrada de tanto despertarse con aquellos gritos y ronquidos de medianoche, incapaz de afrontar el siguiente paso que temía fuera el de una locura total, lo había abandonado. Jerry, en cambio, seguía soñando, como al principio, con aquel hogar modelo y los niños corriendo por la casa, felices hasta el final, dispuesto a empezar desde cero una y otra vez después de cada crisis.

Jerry recordó la voz amable del psiquiatra sugiriéndole soluciones modernas, tratamientos nuevos para atacar el trastorno del estrés postraumático. Le había dicho que el empleo de ondas electromagnéticas aplicadas en áreas clave del cerebro disociarían aquel pasado estremecedor del presente y harían desaparecer la depresión, los deseos incontrolables de llorar y el dolor que, como impiedoso recordatorio, no le daba tregua y lo devolvía a su casi locura.

Ahora, el dolor se iba tornando más intenso, mientras la oscuridad del alma lo envolvía y se extraviaba en el pasado. A través de los ojos casi enceguecidos podía ver los tatuajes de los brazos y la pierna ortopédica que reemplazaba la destruida por una bomba del camino.

De pronto, escuchó una voz persuasiva, irónica, dentro de él diciéndole: "Salta Jerry, no hay nada más para ti en este mundo. Salta cobarde, no esperes, solo te quedan dolor y angustia, esta es ahora tu vida, tu pobre vida solitaria que a nadie le importa, la agonía intrusa que te enloquece. Nunca sanarás, la guerra se te pegó en los genes y nunca se desprenderá de allí. Estás condenado a seguir desconectado de la realidad, viviendo con tu imaginación desvencijada. Así que mejor lánzate, no hay más remedio, todos te han abandonado, nadie volverá por ti. Ni Pamela, ni Peter, ni los que parecía que te amaban. Y tu mejor amigo, tu camarada del escuadrón, está muerto. Tú lo sabes muy bien, murió en tus brazos, le rendiste honores junto con tus compañeros antes de que la urna abordara el avión y se lo llevara de regreso a casa. Tú te quedaste como un sonámbulo solitario que se paseaba por la barraca sin rumbo fijo, herido en el alma, muerto de tristeza. Esa maldita bomba le robó la vida y te la robó a ti también".

Recordó a Pamela, la partida sin aviso. Entonces gritó: "¡Noooooo!", balanceándose en el borde de la silla a punto de caer al vacío.

El motor de un helicóptero pasando allá arriba frente a él, hasta perderse en el cielo brillante de aquella mañana de invierno, lo transportó al pasado, a la vida de soldado en las áridas trincheras de un perdido panorama del Medio Oriente. Era el mismo chirrido agudo, insidioso, que se imponía en aquellos días en el frente, junto con la voz de mando, el quejido de los heridos, las voces de los enfermeros que pasaban con un desfile de camillas cargando inválidos, seres mutilados, agónicos, sangrantes, surgiendo ahora desde lo más profundo de su mente convulsionada, volviéndose reales para luchar contra su propia vida, en una batalla campal grabada como un video dentro de su cabeza.

El fragor del combate arreciaba y la voz poderosa del comandante arengando a la tropa retumbaba en sus oídos.

El humo de los explosivos lo envolvía colándose acremente por la nariz, insuflando aquel aire enrarecido que le envenenaba el alma.

Comenzó a temblar enceguecido frente al abismo entre el balcón y el cemento de la calle, por donde caería sin compasión, hasta estrellarse contra el pavimento, para seguir rodando por el Cosmos, sin detenerse, buscando la paz perdida.

Jerry Hudson respiraba agitado, a punto de vomitar, con los dientes apretados, crujiendo como rueda de molino. Hasta que la sangre pareció detenérsele en las venas. La lengua se le retrajo hacia la base de la boca obstruyendo el paso del aire. Entonces emitió un gemido ensordecedor.

En ese preciso momento sintió la suavidad de dos patas felpudas que comenzaron a fregarse en su única pierna verdadera, mientras el maullido inconfundible del gato viajó hasta sus oídos ocupados por el estrépito de la guerra y lo fue desplazando hasta hacerlo desaparecer, devolviéndolo a la realidad.

Como por arte de magia se le encendieron las luces interiores y la niebla que lo envolvía comenzó a disiparse, como en las mañanas en las playas de los mares del sur, cuando las nubes bajas suben y se diluyen hasta abandonar las arenas, dejando pasar el sol para alumbrar la vida.

La capa de tristeza que congelaba su corazón se fue derritiendo, desatando al alma, soltándola para volar libre sin más ataduras.

El veterano de la guerra Jerry Hudson cerró la ventana del balcón, se afirmó en las muletas, se bajó del taburete, se inclinó y tomó en las manos fuertes al gato, apretándolo contra su cuerpo helado hasta sentirse acunado por la tibieza aterciopelada del felino, que ya había comenzado su ronroneo infinito.

Mil años sin ti

En medio de mi insomnio recordé los consejos del doctor Stewart: que te visitara, que viniera a verte, que te conversara, aunque fuese un simple monólogo. Que me haría bien para salir de esta profunda depresión que me causa tu partida.

Así que, apenas despuntó el alba, me he abrigado bien, me he puesto un gorro de piel y la bufanda rojo italiano que me tejiste, perfecta para esta fría mañana de primavera que aún parece invierno con el viento que sopla despiadado.

He cruzado como un sonámbulo la ciudad vacía hasta el cementerio de Mount Pleasant y he encontrado la puerta abierta; y el jardinero, preparándose para su tarea, me ha hecho una venia y me ha mirado con tristeza al ver, tal vez, mi rostro demacrado regado de lágrimas de tanto llorar por ti.

Oh, querida Solange, he venido a conversar contigo de la misma manera como lo hacíamos cada mañana, cuando con tu bella sonrisa gala ponías los problemas de la forma más simple para resolverlos. Y ahora debes de imaginarte cuánto extraño tus consejos, tu valentía, tu temple, tu sabiduría sencilla, tu fidelidad eterna y tu corazón bueno, lleno de amor y de perdón. Y tu sonrisa hermosa que solamente ha quedado dibujada en la pila de fotos del viejo álbum de la familia.

Nos habíamos preparado para que cuando esta separación llegara no fuese tan dolorosa, pero han pasado meses y no puedo vivir sin ti.

No sé si tú me escuchas, si estás aquí en esta tumba fría, o es solamente tu cuerpo en decadencia que aún persiste mezclado con sándalo y la hojarasca húmeda de encinas milenarias, tu cuerpo sin alma, cubierto de musgos de todas las eras.

Las noches, querida Solange, se me hacen interminables y en mi desvelo el silencio y la soledad se han transformado en mis aliados gratuitos en tu ausencia eterna.

A ratos evoco tus batallas: unas ganadas a medias, otras perdidas, pero batallas reales a fin de cuentas, sin trofeos ni treguas.

Aún recuerdo cuando me contaste casi a punto de llorar que una de esas lánguidas tardes de invierno mientras tomabas tu infalible té verde, tu hija Pamela le preguntó a tu marido:

—Papá ¿qué harías si mamá muriera?

Él titubeó y, con el humor sarcástico de los Sands, le respondió:

—Me casaría otra vez.

Tú caíste fulminada y el sorbo de té hirviendo que tenías en la boca te pasó quemando la garganta y te dejó a punto de lanzar un grito desgarrador. Luego disimulaste muy bien la horrible tristeza que había empezado a triturar tu alma frisada.

De ahí en adelante hiciste un cambio profundo. Te inscribiste en un curso de teología y apreciación de la vida y te encerraste hermética, silenciosa, en tu mundo etéreo.

Noté que, de pronto, te volviste a maquillar como en tus mejores tiempos. Yo te regalé de inmediato un lápiz labial de esos que permanecen por varias horas y no se pegan en el borde de los vasos ni de las tazas ni en las mejillas de los que besas. Te llevé a una peluquería cara donde te hicieron un corte de moda y lo único que no hiciste fue teñir tus mechones plateados que de todas maneras adornaban tu cabellera castaña y tersa con un caché especial.

Comenzaste a preocuparte más de ti y menos de los que ya no te amaban tanto, o que quizá nunca te amaron y herían tu corazón como una de esas amigas entre comillas, aquella arpía que te dijo a la salida de la misa:

—Oh, te ves joven y regia y ya estás como en los sesenta. ¿Qué haces para verte así? No te he visto en meses. ¿Te hiciste alguna cirugía? No tienes arrugas, qué envidia.

Tú la miraste sorprendida y solo dibujaste en tu rostro un gesto de misericordia.

Habías cargado hasta allí mil cruces e incomprensiones y ya no te afligías cuando alguna desfachatada te encaraba pidiéndote respuestas a tu tragedia de haber concebido un hijo gay.

Todo te lo guardaste en el fondo del alma, soportando como un roble firme la embestida de tu destino implacable, aún el abandono permanente de quien habías pensado amar hasta la muerte.

Hasta que un día me contaste que ya no pedías explicaciones a la Divina Providencia por parir a un hijo así y que mejor le dabas gracias al cielo porque habías entendido que esta carga ya no debía ser más una carga, porque se la habías puesto a los pies al mismo Dios soberano y, ahora, descansabas hasta que llegara tu tiempo.

Y ese tiempo vino. La vida se te empezó a esfumar tal como el viento arrasa las nubes en el horizonte de las tardes de otoño.

Y cuando quise llorar tu partida, me abrazaste con ternura y me dijiste:

—No sufras hermano amado, volveremos a vernos. Para mí el morir es ganancia. Dejaré este cuerpo en decadencia y caminaré de lo temporal a lo eterno, a los brazos del Dios infinito, lejos de los desdenes del mundo, del horror de vivir entre los mortales que se destruyen sin misericordia en el mito sin respuesta de la existencia humana.

Lo dijiste con una convicción férrea en lo eterno que me hiciste creer en tu poderosa fe verdadera.

Y en la hora de tu adiós, tomé en mis brazos tu cuerpo frágil, tibio, casi sin vida. Tu cuerpo que aun cargaba a tu alma cansada de desdichas y soledades supremas.

Y en la amnistía final de los adioses te abracé fuerte a mi cuerpo y lloré de angustia, sin consuelo. Besé tu frente pálida y tú esbozaste tu bella sonrisa, llena de la paz que fluía de tu alma que se escapaba de ti en su último viaje.

Te puse en la camilla y no pude retener un sollozo indescriptible. Entonces mi alma fue cayendo en un abismo infinito.

Luego te susurré al oído:

—Adiós Solange, adiós. Mil años sin ti, un siglo sin ti. El resto de mi vida sin ti.

De nada, Dr. Murray

Hizo una incisión longitudinal desde el pecho hacia el bajo vientre del cadáver, tal como le enseñaran hacía más de treinta años. Sacó las vísceras y cosió. Luego, con un impulso incontrolable, tomó la mano fría de la difunta, removió el anillo de diamantes de uno de los dedos tumefactos y tiesos y lo metió en un bolsillo de su pantalón.

El doctor Peter Murray trabajaba tres días a la semana en la morgue de aquella funeraria. Allí le costaba resistirse a buscar en las manos de los muertos los anillos con gemas costosas.

Aquella noche, extenuado por la farra de ese mediodía con la amante de turno, el doctor Peter Murray decidió quedarse en la funeraria.

A media luz, fue buscando la urna blanda y amplia que había probado algunos días atrás con sus compañeros de trabajo en un momento de diversión, hasta palpar la suavidad del raso que revestía el ataúd vacío y que él recordaba bien. Entonces se desplomó dentro de él, estirándose como si estuviera en su propia cama.

De pronto oyó pasos. Sin hacer ruido, cerró la tapa y se durmió en el silencio y la confortable oscuridad de sus entrañas.

Tras una hora se despertó sin saber qué hacía allí. Entonces decidió salir empujando la tapa de la urna, pero no pudo abrirla. Volvió a intentarlo: fue imposible. Presionó con toda la fuerza que le permitían las piernas dobladas, con los brazos y con las manos.

Solo consiguió desgarrarse una uña, que quedó ensartada en la cubierta interior de raso de la tapa. Golpeó otra vez desesperado mientras el terror lo iba invadiendo. Volvió a patear y nada.

Confinado en ese espacio oscuro, sin ventilación, comenzó a percibir el olor desagradable a sebo, sudor y almizcle, mezclado con el de licor y tabaco de su aliento hediondo.

Dominado por el temor, trató de justificar sus acciones. Pensó en su niñez, lo había leído en el manual de medicina sobre la conducta humana. Su infancia parecía ser la fuente del goce incontrolable de adueñarse de lo ajeno y de todos los defectos indeseables de su personalidad. La madre lo había mimado hasta el cansancio y él, sacando partido de aquel amor sublime, había pasado de ser el rey de la casa a un tirano caprichoso. Y, en el presente, su mente brillante podía manejar sin problemas esos dos mundos: los momentos de esplendor y los instantes pecaminosos.

Sacudido por el pánico del atrapado, su corazón comenzó a palpitar cada vez más rápido, como un tropel de animales desbocados.

Con la boca abierta buscaba aire puro para llenar los pulmones, pero solo lograba saturarlos de oxígeno remanente cada vez más enrarecido en aquel compartimento donde solo cabían sus pensamientos egoístas.

Los minutos le parecían eternos en aquel encierro, hasta que, a media noche, volvió a escuchar pasos y el sonido rugiente de una aspiradora de pisos, que le hizo patear desesperado la tapa y gritar pidiendo auxilio hasta quedar sin aliento. Pero el ruido de la abrillantadora de pisos se disipó bruscamente, junto con la esperanza de ser liberado, cuando la mujer de la limpieza, al escuchar los golpes, huyó aterrada por los pasillos de la funeraria.

Una ola de pavor se apoderó del doctor Peter Murray.

Temblando de espanto, trató de rezar un Padre Nuestro, aferrándose suplicante a aquel Dios invisible al cual nunca veneró.

Le costaba creer lo que estaba viviendo. Todo era una absurda pesadilla. A cambio de ella, hubiera preferido que se acabara el mundo, que le cayera un rayo o perecer fulminado por un certero disparo.

Su mente no dejaba de maquinar: *Si quedo libre, deberé pedir perdón. ¿Perdón? ¡Qué estúpido!*, se dijo. *Boberías de un poco hombre.*

En ese momento, como una espiral ardiente que ascendía por su esófago, un vómito espeso, ácido, burbujeante, le invadió la garganta y le ocupó la boca. Arrojó hacia un costado la mezcla nauseabunda de jugos gástricos, licor y comida a medio triturar, que lo dejó apestando a whisky.

Respiró profundamente, tratando de caer en un estado inconsciente, cataléptico, alargando así el momento de un último soplo de existencia.

Como un videoclip, su vida le pasó por la mente, fustigándole la conciencia abarrotada de culpas.

Entonces le dieron ganas de llorar, de gritar, de desprenderse urgentemente del cuerpo y traspasar las paredes del ataúd hasta volar libre al infinito.

Metió la mano al bolsillo y se estremeció al palpar la solidez y la dureza de la textura octaédrica del diamante del anillo robado, imaginando su transparencia perfecta, su luminosidad adamantina, que también le recordaba la caja fuerte del banco y la fortuna incalculable en joyas acumuladas a través de los años.

Volvió a pensar: si era incinerado, el calor del horno del crematorio a mil grados centígrados lo envolvería, seguido por el olor intenso a carne achicharrada que inundaría su nariz, como en el verano, cuando se deleitaba con la barbacoa de los domingos. En un instante, el estímulo olfatorio viajaría con la velocidad de un rayo hasta el cerebro, donde sería procesado solo hasta cuando la sangre se le estancara dentro de las venas y todo se detuviera dentro de su cuerpo. Y el ardor insoportable de la piel sería el comienzo de su quemazón terrenal antes de pasar a la estancia permanente en las llamas del infierno, como se lo había pronosticado tan bien el cura de la parroquia, el padre Carlos Laccini.

Jamás tomó en serio la advertencia y ahora era demasiado tarde para arrepentirse. Sin lugar a dudas sentía que estaba perdido, que de todas maneras iría a parar a los quintos infiernos o a los confines del Cosmos, o sabía Dios dónde.

Impulsado por el temor de ser descubierto, sacó el anillo del bolsillo y se lo tragó. Después se fue perdiendo en sus elucubraciones entre la vigilia y el sueño.

Aquella mañana, el encargado de transportar los cadáveres al crematorio, advertido horas antes por la aterrada mujer de la limpieza, se acercó a comprobar si todo estaba en orden antes de empezar a desplazar los ataúdes hacia la plataforma rodante.

Al acercarse a una de las urnas, lo envolvió un olor acre de resaca.

Intrigado, el empleado decidió abrir la tapa de la caja mortuoria, de la que emergió fantasmagórico el doctor Peter Murray con un dedo ensangrentado.

Ensimismado, el doctor se encaminó hacia la mesa de trabajo ignorando el *"Oh, my, Dr. Murray"* del transportista. Limpió el dedo con una gasa y lo cubrió con una curita. Pudo luego descolgar el sobretodo del perchero y ponérselo sobre los hombros, antes de partir con cierta parsimonia hacia su auto para desaparecer sin rumbo fijo por las calles ruidosas de aquella mañana de octubre.

De inocencia y de olvido

A Pablo, Mariale, Alejandra y
Cassandra

Envuelta en el *chador* negro, ella ha quedado petrificada cuando la patrulla de soldados ha entrado por sorpresa a la pobre y penumbrosa vivienda buscando al terrorista. Ella no entiende el idioma ni los improperios que le estremecen el alma, pero sabe que debe defender a los hijos. Los soldados la han obligado a levantar las manos sobre la cabeza. Los niños han corrido apresurados a guarecerse en la madre y se le han pegado a la falda como hongos, temerosos de los extraños que invaden la habitación.

La mujer sabe que en Occidente se hablan otros idiomas y que hay hombres rubios y también trigueños tal como los ha visto a escondidas en las revistas de contrabando.

Uno de los soldados vestido de camuflaje la apunta con la metralleta mientras los otros inspeccionan los entreverados ambientes.

Ella lo vigila con los ojos verdes rodeados de ojeras violáceas, delineados por largas pestañas y cejas frondosas que jamás han conocido rímel ni un lápiz labial de marca. Lleva la frente amplia cubierta asemejándola a una virgen de Rafael. Y, con la mirada desafiante, permanece inmóvil frente al intruso.

Desde la infancia la han privado de pensar en un hombre por su propia cuenta. Pero nadie sabe que lo ha hecho en secreto en las interminables noches de insomnio, soñando despierta con caricias y besos invisibles. También le han enseñado que debe dar la vida por aquel que nunca ha amado ni escogió. Ella sabe que con ese hombre solo ha conocido la rudeza de un lecho sin amor ni deseo, de dolor silencioso y obligado. Y que debe soportar que todo el mundo le grite en la cara que ese hombre es un terrorista.

En ese preciso momento uno de los soldados reconoce a los niños. Son los mismos a los que meses antes les devolvieran la vida en el hospital de campaña después del ataque suicida en el mercado del pueblo. Fue en aquellas horas tediosas de terapia que los niños hicieron amistad con el soldado mientras estaba de guardia.

Mientras la patrulla prosigue la búsqueda, el hombre llama a los niños por su nombre:

—¡Sahir!, ¡Revah!

Los niños escuchan atentos aquella voz conocida, atisbando al soldado por el rabillo del ojo, hasta percatarse de que es Josh, el amigo del hospital extranjero. Entonces, sin temor, se desprenden de la madre y caminan hechizados hacia él, que los espera de rodillas mientras comienzan a cantar la canción que él les enseñó y que a ellos les fascina: *"A, B, C, D, E, F, G... H, I, J, K, L, M, N, O, P... Q, R, S and T, U, V... W, X, Y and Z. Now, I know my ABCs. Next time won't you sing with me?"* La madre esboza una sonrisa.

Todo parece un milagro y le recuerda al soldado las últimas semanas que pasó con su familia. Un cosquilleo intenso debajo de los brazos. Es Thierry, su hijo menor, pero el más osado, quien trata de hacerlo reír. Josh suelta una carcajada, se retuerce y se deja caer sobre el suelo. Sin perder el tiempo sus dos chavales se montan sobre él. Josh relincha como un caballo salvaje. Ellos, riéndose, corcovean como avezados jinetes traviesos. Le aplastan la nariz, le revuelven el pelo rojizo, lo toman prisionero. El soldado en asueto ríe como un niño embelesado.

Unos instantes después Josh vuelve de sus cavilaciones cuando Sahir y Revah pasan a cantar una canción lugareña en pashto que le habían estado tratando de enseñar: "Tengo un ciervo bonito, se me escapó. Me duele su ausencia, quisiera haberlo atado. Dios mío, ¿Qué voy a hacer? Debo encontrar mi ciervo."

Luego el hombre alza en los brazos a los pequeñuelos y los besa en la frente. En seguida los pone en tierra y se despide con urgencia para terminar el trabajo con el resto de la patrulla:

—*See you later, buddies...*

Los niños lo miran entristecidos y, por un instante, el tiempo se detiene. Ninguno es el mismo de antes. La madre y sus hijos permanecen inmóviles abrazados, semejando estatuas milenarias. En aquella quietud pareciera que nunca hubieran existido la alegría, ni las canciones, ni los juegos infantiles.

El soldado se desplaza hacia el último sector. Es cuando escucha el clic del seguro de un rifle de asalto y trata de encarar al terrorista que ha emergido del escondite secreto apuntándolos con el arma. Sigue el estrépito ensordecedor de la balacera, sangre salpicada, pólvora, fuego y lamentos mezclados en un solo desorden.

Luego, silencio. Sólo revolotean transparentes la muerte y el olvido.

Un soldado del que casi nadie sabe el nombre, se pierde entre los escombros. Y mientras, con una manga, trata de secarse las lágrimas que tampoco a nadie le importan, en sus oídos le da vuelta una cancioncita tonta sobre un ciervo bonito y una ausencia larga.

Amasijo para el alma

Para Doris

Aupados por el viento, los espesos nubarrones surcan veloces oscureciendo el cielo sobre el pequeño bosque. Velada la luz del sol en el cénit, Hobart espera con gran expectación la tormenta que se aproxima. Betty, que sigue a su hermano como una sombra hasta el bosquecito, se monta sobre una rama quebrada del árbol que la atrae. Como todos los días, está embelesada con los insectos que suben y bajan por el tronco centenario, con los hongos oscuros y las plantas parásitas que lo cubren, y con un diminuto gusano rosado que sale de las entrañas de la corteza como si, con él, se le escapara la vida al árbol.

El primer trueno retumba a lo lejos con el bramido propio de los aguaceros estivales. Hobart extiende la mano hacia el cielo con la grabadora lista para captar cada estruendo. La incandescencia de un relámpago ilumina el bosque más allá del patio de la escuela, anunciando así el estallido cercano que fragmentará el silencio del paraje.

Es jueves y los niños salieron temprano. Ni Hobart ni Betty piensan en el almuerzo que la madre les mandó y que descansa indiferente en sus mochilas. En la última visita Hobart decidió pedirle al médico que bajara la dosis de su medicamento porque había dejado de sentir lo que siempre sentía al escuchar las tempestades. Betty, en cambio, a sus once años nunca ha podido hablar con el doctor de lo que siente porque su recluido mundo casi no tiene palabras; ella preferiría transformarse en hormiga, entrar al corazón del árbol que tanto ama, por aquella rendija casi imperceptible, y refugiarse ahí, bañada para siempre por la savia fresca.

Para Hobart no hay nada mejor que este rugir celeste; sabe bien que los truenos que le sigan serán todos diferentes, tan diferentes como lo es su mente. Tras grabarlos, los escuchará mezclados con su pieza musical favorita: *I Crisantemi*, de Giacomo Puccini. Sabe que en la penumbra de su habitación, con los audífonos puestos, sentirá el amasijo sonoro vibrar mil veces en su oído absoluto hasta acercarlo a la locura con la extraña mezcla de placer y tristeza, los acordes menores y la languidez de aquella melancólica melodía que satura el mundo solitario y misterioso que lo aprisiona, suavizando la incontrolable ansiedad que tiene incrustada en el alma.

Hobart camina absorto por el sendero bajo las nubes arremolinadas, esperando nuevas estridencias después de cada resplandor que cruza el cielo ennegrecido. Se detiene y vuelve a elevar la mano para registrar los sonidos que le fascinan y lo llenan de vida. Es entonces cuando la lluvia se precipita como látigo sobre su cuerpo joven y frágil. Hace un alto en espera de otro trueno: ahí viene, lo siente, lo anticipa febril. El diluvio se desliza por su rostro imberbe de piel lechosa y suave, filtrando su frialdad bajo la camiseta, mojándole la ropa interior, despertándole todos los sentidos.

Una nueva pausa y graba la siguiente descarga.

De pronto, más allá de la densa cortina de agua que cae como catarata, divisa a Betty, menuda, indefensa y empapada, asida al tronco, extasiada observando algo inaprehensible en los confines misteriosos de la corteza, abandonada a su universo mágico y habitada por el dolor de evocar a la madre incapaz de entrar en su vida y convertirse en su aliada infinita. Con los ojos perdidos en la madera casi podrida, Betty no parece sentir la tormenta.

Otro poderoso rayo se desprende del cielo y aterriza muy cerca de los niños. Hobart llega hasta Betty y la toma de la mano, sacándola de su embrujo, para guarecerla en la cabaña de emergencias. En el sofá destartalado la abriga con una frazada y le seca el pelo que destila lluvia. Betty tirita entumecida y castañetea los dientes sin despegar la mirada del ventanal por donde todavía puede ver el árbol que la cautiva.

—¿Estás bien? —pregunta Hobart. Ella asiente con un sonido gutural y vuelve de inmediato la mirada hacia la ventana. Hobart la abraza con ternura y dedica un pensamiento fugaz a quienes se ríen de ellos a la salida del colegio.

Y mientras esperan que la lluvia amaine, a la distancia aún resuenan algunos truenos que se alejan y que Hobart, en diestro hábito, ya ha mezclado en su lúcida imaginación con los acordes sombríos de aquella, su pieza musical predilecta.

HUMBERTO BENJAMÍN CLAVERÍA

Manos de ángel

A Mónica

Tan solo unas semanas atrás, mientras trabajaban en su consultorio dental, Teresa le había contado aquel sueño en el cual lo había visto muerto. Al escucharlo, el doctor se descontroló por el temor que le inspiraba ese destino final tan seguro como sorpresivo. Desde la infancia había sufrido crisis de cólicos estomacales que, en más de una ocasión, lo habían tenido al borde de la muerte. Sus padres habían consultado a los mejores médicos del mundo para descubrir qué era lo que afectaba a su primogénito, manteniéndolo lleno de gases, con dolores abdominales y sin poder evacuar a tiempo el resultado de su actividad digestiva. Aquellos médicos, que no podían descubrir la causa de la enfermedad, la atribuían al estrés o a factores desconocidos. Una vez adulto, Ben había continuado el deambular en busca del diagnóstico correcto y la cura de su mal, sin suerte.

Ben Katz había vivido siempre amedrentado, temiendo que, al morir, pudieran incinerarlo y tener así que sentir aquella quemazón final. Por un momento quiso gritarle a su secretaria, sentada en la primera fila de la sala de velación, que se acordara de los deseos plasmados en su testamento. Tanto que había sufrido pensando en la muerte y, ahora que la experimentaba, veía que no había motivo: tumbado y con la cabeza ligeramente en alto, observaba la sala donde se habían dado cita amigos, clientes y gente que jamás había visto en su vida. Después de pasar frente a él, algunos cuchicheaban y salían, o se sentaban por un rato hablando en voz baja. Al verlos tan sombríos y silenciosos, pensó que ellos, incluso más que él, parecían fantasmas de verdad. Recordó cómo fue dejando las cosas en orden desde mucho tiempo atrás. Le había dado una lista de sus enemigos a Estée, su hermana, y le había suplicado que evitara que se asomaran siquiera al velorio; de suceder lo contrario, no debía dejarlos entrar. Veía con placer que Estée había tomado seriamente la petición; sin embargo, al aparecer una de las harpías que lo había acosado por años haciéndole la vida imposible, se petrificó. No podía creer que Edyah Aviel hubiera logrado infiltrarse por entre la multitud. Lucía seria, casi triste por la muerte súbita del afamado dentista.

Este acontecimiento generó tal torbellino emocional en Ben, que, súbitamente, lo llevó a abandonar el cuerpo cuan ráfaga de aire frío y llegar a la corrida de asientos posteriores donde se había sentado Edyah Aviel, tomándola del pelo y zarandeándola. La mujer dio un grito aterrador y salió corriendo de la sala. El doctor volvió a lo que había sido su cuerpo. ¡Qué privilegio inesperado poder realizar hazañas antes increíbles solo por el hecho de ya no estar entre los vivos!

Se recostó de nuevo y recordó que, para preparar su cuerpo, lo habían acostado en una camilla metálica, lo habían lavado minuciosamente y le habían corregido párpados y labios creando una apariencia auténtica de su rostro. Luego movilizaron sus articulaciones mayores para evitar que pasara al *rigor mortis* y se dificultara la circulación de fluidos. Ben Katz siguió paso a paso el proceso de ser embalsamado: primero la incisión con bisturí sobre la clavícula izquierda para ubicar dos vasos sanguíneos mayores y, acto seguido, el corte a uno de ellos para insertar una cánula conectada a la máquina inyectora de los químicos de penetrante olor que tanto lo atemorizaron. Luego le escindieron la yugular, por donde comenzó a expeler la sangre que iba siendo reemplazada por los preservantes. El embalsamador le masajeó piernas y brazos y tuvo extremo cuidado de mantener su cara sin hinchazón alguna. Entonces vino aquel dolor inesperado: la punción cerca del ombligo y la extracción mecánica de la mayor cantidad posible de líquidos corporales. Pavorosa sensación, como si le succionaran el alma; y, sin alma, pensó, no podría aspirar a ser un espectro vagabundo que saliera y entrara al cuerpo a placer. Así que prefirió quedarse quieto y no arriesgarse.

Ben Katz había llegado a ser tan popular que, a la hora de la visitación, había un tumulto esperando mirar por última vez al dentista que había aliviado con presteza y mano ligera tantos dolores: "¡Manos de ángel!", decían algunos. Una vez más, abandonó el cuerpo y se sentó al lado de Edyah Aviel, quien había regresado a la sala después de calmar sus nervios. Edyah se había convertido en su peor enemigo; enamorada de su fama y de sus riquezas, lo había perseguido toda la vida sin haber sido nunca correspondida. Su amor enfermizo terminó por transformarse en odio encarnizado. Había hecho hasta lo imposible para que Sara Cohen, la esposa del doctor Ben Katz, lo abandonara. Finalmente, Sara, hastiada de los gases de su marido, se dejó persuadir. Se fue y nunca más volvió. Para Ben, aquello constituía el peor fracaso de su vida y no se perdonaba no haber encontrado a tiempo la cura para su mal, ni perdonaría jamás a Edyah por instigar la traición. El ahora invisible doctor Katz se acercó a Edyah y olió su aliento a ajo. Suave pero decididamente empujó el cuerpo obeso de la mujer, quien cayó al suelo chillando como poseída, mientras el espectro se reía a carcajadas inaudibles junto a ella y los presentes murmuraban confundidos.

Al día siguiente, previo al funeral, Edyah Aviel volvió por tercera vez y se las ingenió para entrar antes que los demás. Se paró frente al cadáver y, mientras lo insultaba prolijamente a su antojo, extrajo de la cartera un frasco de ácido nítrico para derramarlo sobre el rostro angelical del doctor, quien, en estado de espectro, se había sentado cómodamente en un sofá y la contemplaba desde lejos con desdén.

De súbito, la lámpara que colgaba del techo comenzó a balancearse al son de un terremoto violento que sacudía la ciudad sin piedad. Al igual que las entrañas de la tierra, las entrañas del doctor Katz comenzaron a retorcerse, expulsando con fuerza y gran velocidad las sustancias embalsamadoras, que se estrellaron en uno de los muros donde una grieta profunda nacía a raíz del intenso sismo; junto con ellas, las vísceras vacías desalojaron una notable cantidad del factor intrínseco de Castle, enzimas esenciales para la vida, y Ben Katz experimentó por primera vez un alivio total, sin dolores ni gases.

El espectro del doctor Ben Katz se puso de pie y, esquivando a Edyah Aviel, que yacía desmayada, caminó hacia la urna donde se encontraba su cuerpo sano; lo tocó con cuidado, lo acarició con ternura y, tras meterse en él, ahora limpio, sin las adherencias que le habían cubierto y obliterado los intestinos por más de cincuenta años, traspasó las puertas de la funeraria, que todavía estaban cerradas. Y, cruzando por entre la gente que aún permanecía atónita en medio de la calle después del temblor de tierra, entró al bar, se sentó frente a la barra y pidió una cerveza bien helada. Tras la espera, se preguntó, con voz de ultratumba, cómo sería su muerte la segunda vez.

Pensativo, encendió un cigarrillo y se puso a formar aros de humo blanco, mientras que en el fondo de su alma rondaba un futuro incierto y solitario.

Junto al mar

Los fueron acomodando en los vagones: cien, doscientos, casi más de mil. Jóvenes desconocidos, hombres y mujeres, mano de obra disponible, agolpados en el tren nocturno. Alguien, con pasta de líder, megáfono en mano, comenzó a pasearse por los pasillos como si le hubieran pagado, ensayando cantos para la reunión en la playa. Cerca de la medianoche se fueron quedando dormidos con el vaivén quejumbroso del tren desvencijado hasta despuntar el día, allí, junto al mar, frente al escenario que habían levantado para la ocasión.

Bajo el penetrante sol se oyeron discursos, gritos y consignas avivando la Revolución. El día entero se fue con una ronda de capacitadores preparando a los jóvenes para la próxima tarea de alfabetización, distribuidos por la selva, por los campos, por los pueblos, para hacer efectivo lo que se había propuesto en los planes.

Al anochecer se tendieron en las dunas con la humedad salina pegada como hongos incurables, anhelando sus hogares. Las conversaciones y las risas menguaron y el campamento improvisado quedó en silencio acompañado solo por el rugir de las olas. Se durmieron cansados bajo el cielo encapotado, esperando ese tren que iba y venía, día tras día, llevándolos a lugares que ellos no conocían, hacia destinos inciertos en los que harían los trabajos asignados: enseñar a leer y a escribir.

Isidro, alto, huesudo, apuesto, con ancestros anglosajones, uno de los más jóvenes del grupo, se tendió de espaldas arropado en el saco de dormir, la cabeza sobre la mochila, contemplando estupefacto la oscuridad de aquella noche. En medio del silencio, percibió de repente un movimiento sigiloso sobre la arena. Se estremeció y aguzó la vista, cuando una mano firme lo detuvo. Tras la mano, lo colmó una bocanada de aliento a tabaco, seguido por una lluvia de caricias desbocadas, esparcidas por todo el cuerpo. La mano experta bajó cierres, desabotonó ropa interior, palpó alocada el miembro del muchacho. Una mujer ardiente se le apegó con fuerza, sacándolo de su espacio, de su mundo ingenuo y adolescente.

En la oscuridad, donde solo se percibían las siluetas, él respondió con dedos ágiles acariciando el cabello enmarañado, el cuello, el pecho palpitante, los senos suaves, el pubis sedoso de esa mujer. La abrazó con suavidad e inundó su boca con un beso interminable difícil de olvidar.

En aquel nido de arena no fue necesario aprender a amarse. Temblando, cabalgaron en las sombras a galope tendido, locos de placer, fundidos en un abrazo brutal que arropaba los cuerpos escuálidos, aprisionándolos como rehenes. Así gastaron hasta la última gota de energía. Luego permanecieron unidos, quietos, hasta romper el silencio.

—¿Cómo te llamas?

—Mejor que no lo sepas, amor —contestó ella en voz baja.

Tras un largo rato se durmieron engarzados bajo la noche inmensa. Isidro despertó en la madrugada y ella no estaba. No hubo adioses ni explicación alguna, solo le dejó en la boca el sabor a besos sin nombre, que se desprendieron poco a poco de sus labios para volar libres. Isidro enfrentó el desconcierto.

El alba se apoderó de la playa, que comenzaba a poblarse de gaviotas que parecían gritar una canción de despedida. Uno a uno los marchistas se fueron despertando y, en silencio, subieron al tren. Isidro fue uno de los últimos en abordar. Entristecido aún, con las caricias marcadas en la piel, tragando restos de besos anónimos, recorrió como sonámbulo los vagones intentando descubrir a la muchacha osada, hurgando en los rostros de las compañeras alguna señal que le dijera que era ella, la mujer de esa oscura noche en la playa.

Sin suerte, con la angustia estrujándole el alma, Isidro se estiró en una de las bancas, mientras una cancioncita de moda le martillaba la mente: *Muchas veces te dije que antes de hacerlo había que pensarlo muy bien./ Y aunque el llanto es amargo piensa en los años que tienes para vivir./ Y ahora tratar de conquistar con vano afán, ese tiempo perdido, que nos deja vencidos sin poder conocer/ eso que llaman amor para vivir, para vivir.*

Desolado, se miró los ojos verdes humedecidos en la tapa niquelada de la vieja cigarrera. Sintió una pesada sensación de aturdimiento. Entonces se puso las gafas para disimular la tristeza y, poco a poco, regresó a su pacífica soledad.

El amigo

Medianoche. Yanko sortea los tarros de basura que la tormenta vuelca sobre la vereda. La lluvia y el viento se descargan sobre la ciudad y sobre su cuerpo joven y huesudo. Lo empujan, le aporrean la espalda, desprendiéndole casi el violín que lleva colgado en el hombro.

Yanko sigue avanzando. Trastabilla por la acera junto al río y gira hacia el centro por el boulevard de San Isidro. El aguacero rebota sobre el pavimento, le inunda los zapatos y las bastillas, lo cala, se le filtra por el gabán oscuro y traspasa la camisa blanca de cuello almidonado del frac. A la distancia un trueno en lo alto conmueve en la descarga celeste. El viento vence a Yanko, que tambalea y cae. Serpenteando, cruza la vereda transformada en río hasta una escalinata, guareciéndose del temporal que arrecia y se arremolina en las charcas, donde la tenue luz de los faroles se refleja danzando.

A ratos escampa. Con la melena rubia aún goteando, Yanko se inclina sobre una poza y observa su rostro como en un espejo. Junto a él evoca el de Diego. Pero él no está. Se fue. Con una mueca de dolor pisotea el agua, impotente. No puede entender la partida repentina. Por años, la relación había sido gratificante, vital: Diego, ese amigo sin prejuicios, lo escuchaba sin veredictos, lo levantaba de las caídas. Lo había reconciliado con la música y el violín. Lo ayudaba a cargar la pesada angustia de un alma frágil.

Aún inclinado sobre el agua, desliza la palma de la mano acariciando la superficie cristalina y pregunta en un susurro:

—¿Estás de vuelta?

La imagen vívida de Diego lo estremece y luego se esfuma.

La cercanía de Diego y Yanko era incuestionable. Por eso un par de semanas atrás habían ido a la consulta médica. Aquel día, al ver a Yanko, la cara del doctor se ensombreció con una mezcla de escepticismo y compasión a la vez. Tras la cita, el médico le dio un frasco con tabletas amarillas y le dijo que tomara una diaria. "Para evitar los desánimos", había dicho el facultativo palmeándole el hombro.

Esa noche, antes de comenzar el concierto, los amigos habían acordado verse a la salida del teatro como de costumbre. Al llegar, Yanko no lo encontró. Buscó entre la gente, esperó en vano: Diego parecía haber desaparecido.

Ahora Yanko está ahí, en la madrugada invernal, empapado, azorado, herido. Respira profundamente y siente el olor de la niebla que releva a la lluvia y lo envuelve. Sentado en la escalinata, dobla el cuerpo con las rodillas en el mentón y se queda inmóvil por largo rato, acongojado por los avatares de su mundo interior.

El tañido de las campanas de San Isidro, anunciando las seis, lo saca de esas reflexiones. Se pone de pie y camina sonámbulo hasta la estación del metro donde comienza el ajetreo diario. Algunos lo reconocen y se detienen a verlo, a la espera. Entumecido, Yanko se frota las manos entre las nubes de vaho gris que forma su aliento. Saca el violín y lo acomoda entre el cuello y el hombro, apoyando el mentón sobre el instrumento. Templa las cuerdas rozando el arco suavemente sobre ellas, probando un staccato. Después irrumpe apasionado, en una sucesión de sonidos ora puros, ora desgarrados, interpretando *Introducción y rondó caprichoso* de Saint-Saëns, para pasar a recrear, sin detenerse, pensando siempre en Diego, el consolador *Portrait* de Paul Schwartz.

La gente lo ovaciona.

Y con aquel amasijo de tristeza, incertidumbre e incomprensión, sumergido en un dolor abrumador, Yanko se deja llevar. El amigo ya no está y la desolación persiste al perfilarse el abandono y la vida solitaria de siempre. Pero la esperanza también insiste, abriéndose paso con cada virtuoso arpegio mientras el violinista se vuelca entre aplausos en la música maravillosa de Saint-Saëns.

Danza mortal

Para Any

Se abrazan y se besan con ternura, enredados, asimétricas madejas de suave lana, en un rincón oscuro de la discoteca.

Engarzados por el cuello y la cintura, Elliot y Brigitte se susurran lo que no se habrían atrevido a decirse a la luz del día. Se deslizan hipnotizados por su propio reflejo, centelleante en los ojos de su pareja. "Careless Whisper" y "Love in Venice" resuenan con vida propia mientras Elliot, embelesado, piensa en las advertencias de su amigo sobre la mala reputación de Brigitte. Le parece imposible que esta chica de irresistible sonrisa pudiera llegar a hacerlo sufrir. Frágil y enigmática, Brigitte se entrega entusiasmada a los brazos de su compañero de clase. Sienten sus cuerpos rozarse y se pierden en la descarga sensorial. Ambos creen que después de esta noche no podrán vivir separados.

La noche vuela sin dejar de hablar, tocarse, reírse como niños. Bailando se descubren y redescubren en una intensa búsqueda de afinidades, salpicada de besos cobijados por los acordes musicales que inundan el recinto.

De pronto un estruendo ensordecedor, llamas que lo envuelven todo. Nadie entiende de dónde viene. Temblor de tierra, derrumbe de edificios, grietas por todas partes. Fuego y azufre caen del cielo como lluvia volcánica.

Pasan varios minutos que semejan una eternidad. La intensidad aumenta. Elliot se horroriza cuando Brigitte se desvanece en sus brazos tras un golpe en la cabeza por un trozo de techo desprendido.

Sorteando escombros, Elliot carga a la chica inconsciente y trata de salir. Siente la quemazón penetrante en todo el cuerpo. Afuera Toronto arde como carbón encendido. Elliot tose asfixiado y distingue algunas veredas y calles familiares entre las montañas de hierro torcido y la espesa nube de humo. Trastabilla con Brigitte a cuestas y se dirige afuera, rumbo a casa. Se detiene a retomar fuerzas y, sin dejar de temblar de terror y de extenuación, observa a la gente, quemada, cubierta de ceniza, en shock y sin esperanza. Y otros inertes, sin vida. Cierra los ojos y recuerda su último sueño premonitorio. No puede creer que esté sucediendo de verdad.

Retoma el camino y deja atrás lo poco que queda de los rascacielos. La CN Tower derrumbada sobre la autopista y los rieles de los trenes. El lago, en medio de la oscuridad de la noche, seco de súbito, como un abismo abierto, el cráter de un volcán enrojecido, a punto de explosionar, iluminando la cuenca.

Elliot derrama lágrimas que se evaporan de inmediato al ver la tierra ardiendo cual las descripciones de Daniel, Ezequiel, Joel, Isaías y Nostradamus en sus profecías del fin del mundo.

La gruesa suela de caucho de los zapatos de invierno le protege del suelo ardiente, del calor reverberante. El peso de su amada le dobla la espalda. No sabe si vive o no, pero no la suelta.

No está seguro de encontrar su hogar en medio del infierno cósmico. Se detiene y mira hacia lo alto, al cielo encendido. La luna convertida en sangre. Y el resto de los astros y los elementos triturados, ardiendo, fundiéndose en un manto rojo, brillante, el universo estelar hecho pedazos, destripado, macerado en finas partículas incandescentes para luego, tal vez, organizarse en un universo nuevo, bello, donde no haya dolor ni muerte, lleno de resplandor divino, de oriente a poniente.

Elliot no puede creer que aún esté vivo. Piensa si en otro lugar, en otro momento, podrá reencontrar a su amada, como lo dice la promesa. Le duele perderla justo ahora y se concentra en esa pérdida para no pensar en la otra, inconmensurable, que lo envuelve. Repite con fervor, como en trance y en voz alta, palabras divinas, proféticas: "Cielos nuevos y tierra nueva, cielos nuevos y tierra nueva."

Trata de respirar profundamente, asfixiado, cansado de cargar a la amada que se extingue. Acelera el paso sobre el pedregal ardiendo como brasa encendida.

A lo lejos divisa la casa tras un cerro de escombros y humo. Entra y baja la escalera a lo que queda en pie del subterráneo, donde aún se respira algo de aire fresco.

Brigitte yace en la cama blanda. Los ojos abiertos con la mirada perdida y un tenue dibujo de su eterna sonrisa en los labios marchitos. Elliot los humedece con un poco de agua envasada. Brigitte no reacciona.

Cuchy, la gata regalona de Elliot, se rasca en sus piernas maullando lastimeramente. Él le sirve leche fresca en un platillo mientras sus cachorros, ajenos a la hecatombe, juegan a cazar, tal y como dispone la madre naturaleza en preparación para una vida que no conocerán.

Elliot enmarca con las manos el rostro de Brigitte y la contempla con una mezcla de éxtasis y terror. Ella, inmóvil, palidece, con la piel quemada y ensangrentada. Elliot murmura tiernamente palabras inútiles que traspasan la distancia sin tocar sus oídos, hasta que la imagen horrorosa del fin se va diluyendo de su cerebro.

Entonces, entregándose al momento, Elliot abraza a Brigitte mientras la gata y sus cachorros trepan a la cama y se acomodan para compartir una última ración de leche.

Afuera aumenta el estruendo del final de los tiempos.

El arcoíris de Saint-Enfant-Jésus

Para Alejandra

Al borde de la cama, Josh le dice al agonizante muchacho al oído:

—Pierre, haz un esfuerzo y cuéntame todo. No temas, estoy contigo.

El periodista toma la mano del joven —conectada a los aparatos— quien, entreabriendo los ojos amoratados y con la vida escapándosele, recuenta cuan llena de odio, cuan horrible fue la golpiza. Ambos saben que mucha gente seguirá oponiéndose a que se hable de este tema.

Contarles a sus padres que había descubierto su orientación sexual había sido una tarea muy difícil. Aquel día, cuando su madre pudo calmar el llanto, lo había abrazado por largo rato y, con ternura y compasión, le había dicho que lo amaba así, tal y como lo había traído al mundo. Su padre, contemplativo y entristecido por la escena, con parsimonia le había dicho que sería un gran reto enfrentar la situación pero que, con ellos como aliados, la batalla se haría más llevadera.

La guerra que libró con el cura, quien le había dejado claro que no sería ya bienvenido en la parroquia, había sido más tajante. Relató también las burlas diarias en el colegio, en Internet y en la calle que lo habían extenuado.

Se detiene un minuto y toma aliento. Agrega que si quienes le juzgan se pudieran poner en sus zapatos tal vez entenderían que él no había escogido ser quien era; que vivir rechazado, escuchando incesantes críticas y profundamente deprimido lo habían llevado al borde del suicidio en más de una ocasión, pero que, poco a poco, había comenzado a aceptarse y que, en medio de las interminables luchas cotidianas, había creado una página web, "Sal del ropero", la cual había enmarcado con el emblema del arcoíris, tratando de ayudarse a sí mismo y a otros a atravesar el trance de aceptar su homosexualidad y vivir con respeto en su propia sociedad.

Su voz se apaga al relatar el asalto mientras la línea de su ritmo cardiaco se acelera en la pantalla del monitor al recordar los insultos: "Muere marica, *cocksucker*, *faggot*, *tapette*, *pédé*..." Relata cómo, tras ser torturado, fue abandonado, desnudo y con el cuerpo pintado de arcoíris.

Antes de salir de la sala de cuidados intensivos, el periodista le regala una mirada solidaria; Pierre esboza una leve sonrisa y luego va cerrando los ojos, dejándose caer al abismo de sus pensamientos, en el mundo oscuro que lo rodea, vagando despedazado de lo terrenal a lo eterno.

Unos días más tarde Josh recibe la noticia de que Pierre ha sucumbido a las heridas físicas y del alma. Conmovido, repasa su historia sintiendo que aquella corta existencia no había sido en vano.

El día del sepelio la iglesita de Saint-Enfant-Jésus junto al río Saint-Laurent está atestada. A la salida del servicio religioso la señora Sands se abre paso entre la multitud para acercarse al periodista y, con un sollozo profundo, le ruega que no deje de contar la historia de su pequeño Pierre. Luego señala el horizonte: en el cielo hay un arcoíris que se levanta espléndido desde la superficie de las aguas torrentosas abriéndose paso hacia el infinito, por entre las nubes grises, la llovizna suave y los rayos del sol. La mirada silenciosa que confabula el hallazgo dice más que mil palabras.

Después de publicar la historia de Pierre, Josh ha venido a visitar la tumba. Baja la colina por el camino empinado, el chemin de la Forêt, el paseo predilecto de Pierre. Entra al cementerio de Mont-Royal y, en la primera calle a mano derecha, encuentra el mausoleo de los Sands. Lee la inscripción en la lápida: *Pierre Sands (1996-2011). Depuis que tes yeux se sont fermés, les miens n'ont pas laissé de pleurer*. Josh cierra los ojos y se estremece al verlo frente a él, sonriente y con una paz en la mirada que nunca tuvo en vida.

Una bandada de gaviotas lánguidas graznando desafinadamente lo saca de sus cavilaciones. Las observa posarse sobre las tumbas cantando cantos milenarios y cantos nuevos de tristezas que nunca mueren. Después emprenden el vuelo y se pierden en el cielo azul brillante del mediodía de Montreal.

El Muñeco

A Felipe Andrés Nilo

En la estación de metro Union de Toronto, el calor estival arrecia con la multitud que invade el andén tras el *Pride Parade*. Por los altoparlantes se anuncia que el tren está atrasado por un accidente en St. Clair West mientras que, al filo de la plataforma, Ángelo Acosta, tan bello que en su nativa tierra lo apodaban el Muñeco, está pensando lanzarse a las vías.

Apenas 20 años tras dejar su mejor refugio, el vientre de la madre, Ángelo recorre en la mente la insoportable carga de heridas añejas. Todo ha sido doloroso, pero la súbita partida de la madre es lo que lo tiene al borde de la muerte. Las palabras que de pequeño oyó a su padre resuenan frescas aún:

—Toma el dinero para la semana. No olvides preparar el pastel que tanto me gusta... Y ni se te ocurra poner al niño a cocinar contigo otra vez, no me lo hagas un marica.

Más tarde, cuando fue claro que el interés de su hijo en las armas y los juegos de pelota era nulo, la furia silenciosa del padre creció y no dudó en expresar su repugnancia.

—¡Fuera de mi vista! —le gritaba a diario. Y el niño se alejaba para no recibir los golpes que el hombre le propinaba arbitrariamente.

Ángelo es tan bello que modela para dos costureros en Yorkville. Además, corta el pelo espléndidamente algunas horas en un salón del centro de la ciudad. Pero, con lo que gana, apenas le alcanza para compartir un sucucho en un suburbio torontoniano.

Y siempre se le ve triste, melancólico, caminando por las calles de la ciudad.

Esta noche, entre los cuerpos sudorosos y palpitantes que lo aprietan suavemente, recuerda los domingos de su infancia en el parque. El escape de la violenta y triste realidad doméstica y cómo comenzó a bailar, protegido por el anonimato de ese grupo que se reunía en un lugar público a practicar bailes tradicionales. Evoca la sensación agridulce de su propio cuerpo moviéndose al son de la música y cómo la felicidad que sentía pronto se volvió una emoción prohibida. Luego, al enterarse de las clases de baile, el último intento del padre de llevarlo por el camino adecuado: clases de boxeo. La impotencia de no ser quien esperaban que fuera, el miedo a que descubrieran que no era quien fingía ser. Y, a pesar del desencanto, el descubrimiento de aquellos cuerpos atléticos que le atraían y que evocaba en secreto en las noches interminables.

En la plataforma la gente sigue mirándose juguetonamente, estrellándose con los instintos a flor de piel: erotizados, agotados, fastidiados. Las miradas lascivas y curiosas de la multitud lo inquietan, tan atractivo, alto, delgado, cuello de garza, rostro anguloso, ojos azules, ojeras violáceas, cejas abundantes bien ordenadas, con el cabello dorado. Bello, extremadamente bello y delicado y ahora preparándose para lanzarse a los rieles. A la distancia, la Chula Avendaño y Liza Brown descubren la turbia mirada azul de Ángelo y una de ellas grita:

—Hola mi muñeco bello, qué lindo que estás —soltando una estridente y libre carcajada.

Él contesta con una mueca sin energía y con el alma escapándosele del cuerpo.

—¡No papito, para!

El verdugo se abalanza a manotazos sobre el pequeño Ángelo y Jessica Newman, tan hermosa y triste como su único hijo, lo defiende y recibe parte de la golpiza. Cuando cesa, ella tiembla y llora con impotencia sin hacer contacto visual con su hijo, quien solloza desconsolado, abrazándose a sí mismo. Jessica considera la idea de huir, pero no se atreve a dejar a su marido. ¿Podrá mejor enviar a su hijo lejos, perderlo para salvarlo? Es un callejón sin salida.

Con lágrimas escondidas a fuerza de hábito, el Muñeco recuerda a los niños del colegio lanzándole piedras, a las chicas secreteando y riéndose frente a él. El desprecio en los ojos de los amigos de la familia, de los profesores, de los vecinos.

La vergüenza en misa había sido insoportable hasta el día en que decidió no volver más a la iglesia donde habían bautizado a tres generaciones de primogénitos Acosta. Su padre lo había golpeado bajo la mirada aprobatoria del sacerdote, quien veía en los puños el mejor remedio para sanar al muchacho de su aberrante enfermedad. Después le había aconsejado a Renato encerrar bajo llave a su hijo por un mes, "para que reflexionara". Ángelo lloraba tras la puerta. A veces la golpeaba con su cuerpo adolescente, soñando escapar y perderse en la invisible espesura de la ruidosa ciudad.

La gente, apretujada en la plataforma, conversa y ríe, bebe cerveza caliente de sus mochilas casi vacías. Alguien enciende la música y todos se menean acompasados al son de "Despacito", esperando que el tren llegue pronto. Ángelo sigue en otra dimensión. Abrumado y con el alma oprimida. Cierra los ojos y escucha una canción de cuna. Es la cajita musical que le regaló la abuela. Evoca la "Canción de cuna" de Brahms junto con el eco leve de golpes en la puerta, la voz ronca de un carabinero preguntando por Renato Acosta y la sentencia de la autoridad: "Arrestado por maltrato y confinamiento de menores". Luego, silencio, seguido por los pasos mansos de la madre que no sabe si alegrarse por el cese al maltrato de su hijo o llorar la vergüenza de su familia.

El tren demora más de la cuenta y Ángelo se inquieta en medio de la multitud. No da más de tanto cavilar. Sólo quiere cerrar los ojos para siempre. Vienen a su memoria aquellas noches, las últimas en la lejana tierra, fuera ya de la casa familiar y sin rumbo en la vida, cuando vino el acoso de los carabineros desde la patrulla:

—Te andas ventilando hace rato por aquí, maricón. Te vamos a llevar a dar una vuelta... y verte un rato en pelotas.

Más golpes, forcejeo, terror... Dolor. Más dolor que nunca. En el cuerpo y en el alma. Impotencia, humillación e indescriptible tristeza. El mundo tal y como lo conocía se había vuelto aún más sombrío y despiadado.

Una nube gris cubre sus ojos cuando recuerda a su madre quitarse la vida, atormentada por no haber podido salvar a su hijo del verdugo, ni haber construido la familia y el matrimonio que la sociedad esperaba de ella. Después, silencio, ausencia, remordimientos, seguidos por neurólogos y psiquiatras antes de llegar a su refugio solitario en tierra libre.

Exhausto, no desea escuchar el son tropical ni las voces que lo rodean. Se instala los audífonos: el "Canto de los pájaros" de Casals, el "Nocturno" de la suite *El tábano* de Shostakóvich, la *Elegía* para violonchelo de Gabriel Fauré, sonidos dolorosos que se repiten en sus oídos para ayudarle a liberarse de aquella ansiedad mortal que lo aprisiona y transportarlo a aquel mundo solitario y triste, lleno de sueños y placeres incumplidos, por donde vagan sus pensamientos hechos pedazos junto a su niñez maltratada en el sur del planeta.

Lágrimas tibias caen ahora de sus ojos claros, acompañadas de sigilosos estremecimientos. Percibe una refrescante brisa y luego el viento arremolinado del tren que se aproxima y lo despeina. Se quita los audífonos, escucha el tremor de los rieles y el silbido de la maquinaria frenando. Respira hondo y prepara su impulso final.

De pronto cuatro manos poderosas lo agarran de la camiseta por la espalda. Lo tironean fuertemente y no lo sueltan. Son la Chula Avendaño y Liza Brown que lo sostienen firmemente y no lo dejan lanzarse. Lo abrazan y lo besan con extremo cuidado, riendo y llorando de felicidad de haberlo encontrado a tiempo.

La novela

Poderosas olas se estrellan en la terraza de cemento y madera de la costanera. El lago Ontario se agita con la fuerte ventisca de otoño que dispersa la hojarasca en remolinos por el aire hasta la superficie de las aguas turbias.

Desde un escaño contemplando las islas y el aeropuerto Billy Bishop de Toronto, Ken MacBride presiente de nuevo la angustia que lo persigue desde casi media década, cuando su corta carrera militar terminó con aquella guerra en Medio Oriente. La penetrante mirada de aquel hombre lo persigue sin cesar. Ken recuerda al joven, antes orgulloso, rogándole no disparar. Recuerda la voz de su comandante conminándolo a hacerlo. Su propio dedo, resuelto y programado, oprimiendo el gatillo. El cuerpo ensangrentado y sucio saltando en el aire antes de caer fulminado. Y después, el vacío.

Ken MacBride, con su porte elevado de piel lechosa y rostro de niño, su barba dorada, incipiente y unas cejas abundantes coronando los ojos claros, había lucido aún más guapo con el uniforme que su padre y su abuelo habían portado antes que él. Nunca imaginó que el legado familiar le costaría aquel trauma que lo tenía al borde de la locura, pasando de la profunda angustia a la desesperanza y la melancolía. Los medicamentos psiquiátricos y la terapia no habían logrado estabilizar su desorden de estrés postraumático, pero su trabajo de medio tiempo en la Toronto

Reference Library mitigaba su pesar al permitirle acercarse a su verdadera pasión y escape: la literatura.

Esa tarde, frente al lago, con las heladas olas salpicándole la cara descubierta, Ken recordó sus clases de escritura creativa en el Humber College y sus primeras incursiones como escritor. Siempre había fantaseado con la fama y el reconocimiento popular y había publicado un par de relatos en una antología de escritores emergentes. Tras la devastadora experiencia de la guerra había vuelto a escribir. Su terapeuta lo había motivado a enviar una novela a un concurso para mantener viva la llama de su precaria alma.

Este domingo Ken escribiría el último capítulo y al día siguiente enviaría su novela por correo especial. Imaginó el momento en que tendría en las manos su primer libro impreso. Sintió el olor a tinta fresca y a papel nuevo. Después consideró cómo el premio le permitiría además mudarse a un departamento propio, sin ratas, donde no tendría que compartir el baño ni la anticuada cocina; un lugar amplio, donde pasearse tranquilo durante las madrugadas de insomnio, sin interrupciones de inquilinos borrachos. No perdía la esperanza de llegar a hacerse conocido con sus escritos modernos; sin embargo su inestable psique pasaba de la ilusión a la amargura cuando recordaba aquel encuentro, meses atrás, con un editor quien, con parsimonia, le explicó que primero tendría que desembolsar algunos miles de dólares para echar a andar el negocio de los libros.

Su mente voló después a ese mismo día, cuando, antes de salir de aquel frío sótano donde habitaba, en Manning Avenue y Queen Street West, tomó la poderosa dosis de antidepresivos, ansiolíticos y analgésicos que lo mantenía vivo. Recordó haber caminado hasta la esquina de Lansdowne Avenue y comprado, por primera vez en su vida, cánnabis de manera legal. Evocó su caminata posterior, por cuadras y cuadras, como sonámbulo, sin detenerse, cargando la mochila, con el gorro de piel y los audífonos conectados a su música predilecta sonando en sus oídos, hasta llegar a la orilla del lago, a su asiento favorito del verano.

Semanas atrás MacBride, cansado de los dolores de cabeza y de su malgastada vida en un mundo indiferente al dolor humano, le había consultado al médico la posibilidad de usar marihuana con fines medicinales. El doctor le había advertido que tal mezcolanza de drogas podría resultar fatal. No obstante, el juicio de Ken solía nublarse por las largas noches de insomnio, torturado siempre por aquellos dos ojos negros, agudos, observándolo siempre desde el laberinto de su mente. Pesadilla que se prolongaba durante el día mientras trabajaba en la biblioteca, donde lo veía aparecer por los pasillos exigiéndole sin compasión que le devolviera la vida.

Una ráfaga helada devuelve a Ken al momento. Extrae de su mochila unas hojas e intenta acometer el último capítulo. En un golpe de claridad, lo titula y escribe el primer párrafo. Moldea las palabras a placer, las acaricia, las estira como un acordeón que emite suaves sonidos para que destilen su esencia, expresando lo más profundo de las emociones de su dueño. Ken juega con las palabras, las disfruta, las mima como a niñas tiernas. Ellas lo aman y lo acompañan, no lo dejan solo. Las palabras viajan desde sus escondrijos, se meten en sus manos, en sus dedos y se escurren dentro del lápiz para emerger refinadas y precisas, apegándose al papel y quedando presas en él, estampadas para siempre. Él sabe que estas palabras son solo suyas y las cuida cual diamantes, como su único tesoro.

De súbito el rugir de un avión que decola lo estremece y lo transporta nuevamente y, contra su voluntad, al frente de batalla, junto con un dolor agudo que se le clava en la frente como una lanza. Sin dudarlo y tan pronto como le permite el temblor que envuelve su descompuesto cuerpo, saca y enciende el cigarro de cánnabis. El viento arrecia. Aspira profundamente el humo que pasa raspando su garganta y su alma. Aspira una vez, otra y otra más, ansioso por exterminar el dolor y la angustia que lo atormentan y dejar así libre el camino desde el manantial de su mente para las palabras finales del último capítulo.

Un sentimiento de bienestar lo invade al cerrar los ojos y aspirar de nuevo el cigarro. Los negros ojos se esfuman lentamente y reaparece la quimera de la fama, el reconocimiento y la riqueza. Juega con la idea mientras una sonrisa se esboza tímida en su rostro, hasta que siente un nuevo dolor, inesperado, lacerante, que lo enceguece y detiene el paso de las palabras amadas que se retraen y se atascan en las profundidades secretas de su mente. Ken se desespera tratando de recordar las ideas que habían fluido unos minutos atrás mientras lucha contra la intensidad del dolor. Aterrado, lanza lejos el pitillo sin poder recordar el final de la trama que había acariciado hace unos momentos. Ahora afloran ininterrumpidamente frente a él los profundos ojos negros, envueltos por incoherentes voces, en una nube gris, amenazante.

De su garganta se desprende un desesperado grito que se mezcla en sus tímpanos con la triste melodía de Alain Lefèvre: "Tendresse", que aún emana de los audífonos. Sus manos se tensan y se relajan involuntariamente soltando las hojas sueltas, que caen por la terraza impulsadas por la tormenta. Con gran esfuerzo extrae de la mochila el kit negro que lleva impreso en una cruz plateada la palabra Naloxone. Intenta abrirlo, encontrar la jeringa. No le es posible. Lo aprieta entonces contra el pecho, como aferrándose a la vida, mientras palidece y cae en un sopor profundo mientras amaina la tormenta.

Domingo, 11:00 pm. El paramédico Neil Morrell se pasea lentamente por la terraza de la costanera para despejar la pesadumbre por no haber logrado, a pesar de todos sus esfuerzos, mantener con vida al joven en paro cardíaco. Respira profundo, seca una lágrima de su mejilla y se topa con las hojas desperdigadas por el suelo. Antes de que el agua enturbie del todo los rastros de la tinta, le llaman la atención las palabras que descifra:

¡No dispares!

Midnight kabob

Rosy Brown camina sin prisa por el costado de la autopista 401, ahora vacía. Se sienta en un zócalo de cemento, a la espera del alba y del hombre que desea.

Extrae un cigarro del bolso. Lo enciende con prisa. Necesita fuerza. La primera bocanada profunda le provoca un acceso de tos. Escupe flema mezclada con sangre. Se limpia los labios con el dorso de una mano.

Los camioneros que años atrás caían fácilmente en las redes de la lujuria al ver sus nalgas contundentes, sus pechos firmes, sus piernas torneadas, el calzón rojo que no buscaban cubrir sus faldas cortas, ahora accionan el claxon y la saludan con interés filial.

Muchas veces imaginó que sentaría cabeza con el hombre de esta noche y que estaría con él para siempre. El futuro es tan corto ahora, que al deseo de verlo se junta la urgencia de abrirle su corazón y tener una respuesta que la haga sentirse querida de verdad.

Prende otro cigarro. Los ojos se le nublan de cansancio y sueño y tiene ganas de llorar.

A la una de la mañana aparece el camión esperado. Al juego de luces ella responde con un silbido agudo. Su contraseña. Su modesta complicidad. El camión se acerca despacio y frena a escasos centímetros de la mujer. Ella trepa con dificultad la estrecha escalerilla y abre la puerta. Él la recibe excitado con la respiración entrecortada. La dirige hacia una de las camillas pegadas a la pared de la cabina y la desviste, desesperado, mientras ella se entrega con la seguridad de estar viviendo el principio de algo. Desnudos, desbocados, enloquecidos, se acarician, se arañan largamente; ella desliza la mano derecha por el pecho velludo del hombre y él brama de placer.

Luego se aquietan.

—¿Tienes hambre? —pregunta él mientras recoge la ropa del suelo.

Recorren el pueblo buscando aquel restaurante mediterráneo que ofrece comida halal 24 horas al día.

Ella pide un kabob con ensalada griega. Él, dos chuletas de cordero con arroz mezclado con pasas en una salsa picante.

Vuelven al camión y él rompe el silencio para decir que está cansado. Ella vuelve a sentir la urgencia y el deseo y las ganas de llorar. Quiere abrazarlo, decirle que lo necesita, que lo hará feliz. Pero pareciera que las palabras se le hubieran secado en la boca y, antes de que pudiera reponerse, él le extiende un manojo de dólares y la despide con el gesto de siempre. La mirada hacia la puerta del copiloto y luego hacia adelante, hacia la carretera que empieza a blanquearse con la ventisca.

Ella lo ve partir y camina sin rumbo durante largo rato. No presta atención a los camioneros que disminuyen la marcha para saludarla o prevenirla.

Se sienta en la vereda a la espera del alba y se permite llorar y recordar los tiempos dormidos, cuando era una tierna niña sin temores, hasta que el sueño la vence y la noche la cubre para siempre con su manto violeta.

Sobrevivientes

Para Edgardo

David Cohen seguía meditando frente al viejo microscopio electrónico que le había regalado el departamento de investigación de la universidad como un gesto de reconocimiento tras jubilarse abruptamente a raíz de la trágica muerte de su esposa. Tras instalarlo en el sótano de la casa, lo mantenía en perfecto estado negándose a renunciar a una carrera que muchos consideraban truncada. Pues seguía creyendo en las posibilidades del laboratorio pionero que estableciera en el edificio de Ciencias Médicas al asumir un puesto de investigación en su alma máter tras un periodo postdoctoral en el extranjero.

Al igual que otros científicos, se había sumergido en su campo atraído por la idea de asediar sueños improbables con la esperanza de transformarlos en terapias prometedoras para reducir enfermedades y pandemias.

Al iniciar sus estudios doctorales y verse intrigado por un artículo que describía el impacto de la síntesis nuclear en algunos experimentos tempranos con amebas, Cohen supo que su investigación se encaminaría hacia algo relacionado con el ácido ribonucleico. Al enterarse que investigadores de la Universidad de Wisconsin habían diseñado en 1990 un ARN mensajero capaz de hacer generar la producción de proteínas determinadas en células de ratas, se le hizo claro, como en una epifanía, que ese era el campo que debía explorar. No había que ser una luminaria para entender que, de llegar a reproducirse el experimento de

Wisconsin en seres humanos, los beneficios médicos podrían llegar a ser casi ilimitados.

Al ir familiarizándose con la bien documentada propensión del sistema inmunológico de causar estragos e interrumpir cualquier intervención del ARNm sintético, fue paulatinamente incorporándose al cerrado círculo de académicos que intentaban encontrar la manera de neutralizar este rechazo. Y a través de estos contactos pudo hacerse con una beca postdoctoral en la Universidad de Pensilvania.

Al principio la búsqueda experimental le resultó esquiva y la precariedad de aquellos primeros años en Filadelfia condicionó sus primeros episodios de depresión, ya que la sucesión de resultados truncados contribuía poco a detener el flujo de solicitudes de subvención rechazadas, e iba más bien reduciendo las perspectivas de promoción de los líderes del laboratorio.

Pero, pese a todas estas tribulaciones, gracias en buena parte al apoyo de sus mentores, a David Cohen empezó a hacérsele claro, ya sobre el final de su estada, que los integrantes de su equipo de investigación estaban cada vez más cerca de lograr engañar al sistema inmunológico para que permitiera que el ARNm sintético hiciera lo que ellos deseaban. Con la confianza de que la paciencia y la perseverancia darían sus frutos a la larga, el investigador canadiense se prometió que haría todo lo posible por permanecer conectado al proyecto.

Es por ello que, cuando la vacante en Toronto alejó a David Cohen de la ciudad del amor fraternal, no tuvo reparos en asegurar a sus antiguos colegas que la esencia del trabajo que estaban llevando a cabo figuraría prominentemente en el laboratorio que estaba a punto de montar.

Mientras reflexionaba con sus amigos, que solían tildarlo entre bromas de ser la personificación del hijo pródigo, sus expectativas al retornar seguían siendo altas. Sin embargo, para su desencanto, David Cohen pronto descubrió que los burócratas canadienses se mostraban igual de escépticos que sus contrapartes estadounidenses acerca del potencial médico del ARNm sintético. Ello no hizo ninguna mella en aliviar su depresión. Su nuevo laboratorio en King's College Circle apenas se mantenía a flote con fondos que se las arreglaban para llegar con cuentagotas solo en deferencia a la elegancia de sus propuestas.

Fue durante esos días ajetreados que estableció una relación con la unidad de investigación clínica del cáncer en el hospital Princess Margaret, donde conoció a una administradora que meses más tarde se convertiría en su esposa. En un ambiente laboral que obligaba a hilar fino, cuya fragilidad a menudo se ponía a prueba debido a la detestable arrogancia de algunos egos inflados, no llegó a extrañar que la empatía y la atención esmerada que él demostraba con todos en el trato le resultara a ella reconfortante y tranquilizadora.

Este encuentro sentimental fue quizá la señal de que la suerte de David Cohen estaba cambiando. Esta impresión pareció verse corroborada cuando en 2005 Katalin Karikó y Drew Weissman documentaron su logro en sortear las defensas del sistema inmunológico, y los inesperados beneficios que esta proeza prometía comenzaron a ser ampliamente apreciados.

El equipo de David Cohen no podía sentirse más extasiado. Debido a los conocimientos adquiridos en el recubrimiento de ARN con nanopartículas de lípidos, el laboratorio fue prosperando y, gracias en parte a la conexión con el Princess Margaret, los fondos empezaron a fluir facilitando la implementación de diversos tratamientos de células cancerígenas.

Las asociaciones ya estaban bien establecidas con varias *startups* cuando cundió la pandemia. El laboratorio, sin embargo, encaró la crisis con calma y la aprovechó como una oportunidad para explorar nuevas posibilidades. Y, una vez que las funciones de las proteínas de pico se tornaron emblemáticas en las vacunas de Moderna y Pfizer, las contribuciones de los investigadores liderados por David Cohen incluso resultaron decisivas en la carrera por producir la primera vacuna canadiense contra el Covid-19.

Por más eufóricos que estuvieran, se las arreglaron para seguir tomando precauciones extraordinarias a medida que prosperaba el trabajo en el laboratorio. Pero a medida que la plétora de vacunas emergentes se sumaba a la cacofonía de sus tasas de éxito, las nuevas variantes del coronavirus comenzaron a plantear desafíos imprevistos. Estas variantes no solo tornaban a las vacunas actuales menos efectivas, sino que se mostraban cada vez más contagiosas.

Al cabo de cierto tiempo, se detectó un brote en el Edificio de Ciencias Médicas que paralizó el trabajo en todos los laboratorios. La atmósfera era sombría ya que el brote se fue desperdigando por toda la universidad y cogía a la gente sin estar preparada para lidiar con múltiples decesos. Cuando se infiltró en el hospital Princess Margaret, primero redujo a la esposa de David Cohen y luego provocó su muerte.

Cuando empezó a tomarse conciencia de que el mutante coronavirus iba minando inexorablemente la efectividad de las vacunas y asegurando la perpetuación de la pandemia, la ciudad empezó a entrar en pánico.

David Cohen se estremeció al recordar cómo la tragedia que forzó su prematura jubilación lo golpeó a esas alturas. Pese al apoyo brindado por sus compañeros, no pudo dejar de convertirse en un recluso voluntario en su morada en Toronto, paliando su impropio destino con las limitadas comodidades que la vida podía brindarle y resignándose a una predecible rutina con la única compañía de su gato.

Al menos no renunció a las sesiones con la psiquiatra que lo había estado tratando, mientras esta luchaba por desentrañar los misterios de su mente asaz compleja y privilegiada. Ello se notaba en particular en los inútiles intentos de la terapeuta por mitigar la cruda intensidad con la que él encaraba el dolor humano que lo rodeaba. Y poco podía ella hacer para impedirle que derramara lágrimas por cosas insignificantes que otros ni siquiera notaban.

Como último recurso esta optó por someterlo a una estimulación magnética transcraneal, centrada en las áreas corticales del cerebro que lo hacían llorar sin motivo alguno, a fin de intentar borrar aquellos vestigios del pasado que parecían abrumarlo a diario. Su angustia y sus constantes deseos de llorar lo mantuvieron apartado de lo que él percibía como una sociedad insensible. Luego encontraría consuelo en libros y artículos científicos que devoraba y en la música primordialmente clásica, que de alguna manera le servía para relajarse.

David Cohen se mantuvo bien abastecido gracias a los suministros periódicos de su supermercado local y de la vecina tienda de productos naturales. A veces sucumbía a ciertos antojos ancestrales y pedía de alguna de las charcuterías de la calle Bathurst contadas exquisiteces que lo transportaban a su niñez y adolescencia. Tampoco se olvidaba de comprar religiosamente cada semana golosinas para su gato. En las raras ocasiones cuando no le quedaba más remedio que salir a la calle, se ponía la mascarilla de 4 capas que un colega suizo le enviara una vez como regalo, no sin antes blindarse con un spray nasal como protección adicional.

Los principales investigadores de la ciudad estaban al tanto de que la mejor manera de domar al coronavirus y sus variantes era alcanzando la inmunidad colectiva. Pero demasiados individuos conocidos como antivacunas y un número creciente de gente que ya no podía seguir tragándose el molesto encierro, desacataban las directrices de los funcionarios sanitarios. Con ello lograban contribuir a esa evolución natural que algunos empezaban a describir como una acelerada matanza selectiva.

La mañana en que se vio estancado en la casa en medio de una ola de calor, sin electricidad y sin acceso telefónico, David Cohen sintió que no le quedaba más remedio que salir a la calle. Le dio de comer al gato, llenó su cuenco de agua bien fría como al minino le gustaba y le dejó algunas ventanas abiertas. Entonces se puso ropa ligera, llenó su cantimplora de agua y se preparó para lidiar tras un largo encierro con el calor sofocante que hacía afuera.

Tenía pensado tomar el metro en la estación de Bessarion, apenas a dos cuadras de su casa. Para su sorpresa, al empezar a caminar notó que las calles estaban completamente vacías. Algunas casas tenían las puertas principales abiertas de par en par y le chocó toparse con los cuerpos de sus vecinos en plena descomposición yaciendo desgarbadamente sobre sus antejardines.

No podía creer lo que veía y por un breve instante cerró los ojos. Todo parecía sacado de una escena de las pesadillas recurrentes que solía tener. Se dio media vuelta y decidió mejor seguir en su fiel Primus.

Rumbeó hacia el oeste por Sheppard Avenue East doblando en Yonge Street hacia el sur. Se desplazaba lentamente sin ver un alma por el camino. Se sentía transportado a un ambiente que recordaba una Navidad tropical, hasta que empezó a notar los signos de saqueos esporádicos y el olor acre que lo llevó a cerrar las ventanas del auto y prender el aire acondicionado. Aunque el tráfico era prácticamente inexistente, tuvo que mantenerse alerta para evitar los cadáveres y los escombros desparramados por la calle.

Cuando David Cohen llegó a las inmediaciones del lago Ontario, se estacionó cerca de Sugar Beach, uno de los lugares que privilegiaba durante sus caminatas veraniegas. Se puso los audífonos y subió el volumen de la música. En ese preciso instante arrancaba el "Dead Theme" de Ennio Morricone.

Siguió avanzando por la costanera vacía, respirando con dificultad en busca de aire fresco en medio del sofocante calor hasta encontrar una silla Muskoka cerca del punto donde solía sentarse a contemplar con desgano las islas de Toronto.

Sudando y sintiéndose deshidratado, bebió el resto de la botella de agua, temblando con cierto malestar y logrando apenas mitigar su pesar y disimular sus muecas. Después de un rato trató de hacer una pausa mientras la música seguía resonando en sus oídos.

Una vez calmado, recordó cómo hasta en sus momentos más depresivos había encontrado los medios para aliviar los pesares más intensos de su vida y seguir creyendo en su capacidad para poder ver la luz al final del túnel. David Cohen se recordó a sí mismo que existían sólidas razones científicas para convencerse de que tarde o temprano, aunque los sobrevivientes que quedaran se pusieran de acuerdo o no, la pandemia sería forzosamente controlada. Con ello en mente, continuó caminando por la costanera con la mirada empañada y la mascarilla bien puesta, hasta perderse en la distancia en medio de la soledad y el extraño silencio de la ciudad que se depuraba.

Agradecimientos

Ante todo, gracias a mi Dios todopoderoso.

A mis padres, Lidia Esther y Luis Humberto.

A mis hermanas y hermano, Ruth Abigail, Ruth Sonia, Rebeca Esther y Luis Heled.

Para Alex Zisman. Sin él no existiría este libro.

A Raúl Nilo, mi silencioso corrector ortográfico.

A todos mis amigos amados, fieles y tiernos desde la A hasta la Z. Ustedes saben quiénes son.

A Mercedes Fernández, Premio Nacional de Literatura de Argentina, por sus generosas palabras.

Para Aradai Pardo.

Para Martha Bátiz.

Para Andrés Varela.